Ruth Landshoff-Yorck

Die Schatzsucher von Venedig

Ruth Landshoff-Yorck (1928)

Ruth Landshoff-Yorck

Die Schatzsucher von Venedig

Herausgegeben
und mit einem Nachwort
von Walter Fähnders

AvivA

Auf der rechten Schulter des steinernen Mannes saß eine Taube. Sie bewegte mit kleinen Rucken ihren runden Kopf, und schaute leer und etwas blödsinnig im Ausdruck auf die vielen Menschen vor der Kirche, die Arme, Schultern, Beine bewegten und im ganzen einen gedämpften, aber unaufhörlichen Lärm vollführten. Zwischen ihnen stand mit gerecktem Hälschen eine junge Amerikanerin. Sie starrte fleißig die gegliederte Fassade der Kirche entlang und rief plötzlich entzückt: »Kuck nur mal Jack, süße kleine Taube.« Jack, ein offensichtlicher Bruder, war von diesem Ausruf nicht sehr begeistert. Mit ihm war Madelin nach Europa geschickt worden, um Kunst zu betrachten, nicht Tauben. Am Palazzo Labia war es ihr eingefallen, zu finden, daß die großen Adler am Fries aussehen wie riesige Hennen mit Kronen auf den dummen Häuptern. Als bei der Überfahrt von San Giuliano nach Venedig eine der von Dampferrauch schwärzlich verklebten Möven neben dem Boot schwebte, rief sie: »Wie ein gefrorener Hering mit Schwingen.«

»Du bist eine Gans«, sagte Jack zu Madelin und ging mit ihr weiter über die Piazza Manin, »das einzige, was dich interessiert, ist Geflügel.« Am Abend versicherte Jack allen Leuten, die ihm über das Aussehen seiner Schwester Komplimente machten, es sei Hölle, mit ihr zu reisen. »Wenn du vor der Zeit eines häßlichen Todes sterben willst«, sagte er mit der ganzen strahlenden Überlegenheit seiner 24 Jahre, »ich weiß ein sicheres Mittel: reise mit einer grünen Ziege.« Was seine zoologische Bezeichnung für Madelin war.

Die grüne Ziege versuchte indessen krampfhaft, mit einem depossedierten König Konversation zu machen. Krampfhaft nicht deshalb, weil der freundliche Herr mal König gewesen war, was Madelin weniger als ihn genierte, sondern weil sie ein miserables Französisch sprach und zu ihrem Unglück nicht merkte, daß der Exkönig ein noch schlechteres sprach.

Es war dies auf einer jener Gesellschaften, wie sie seit Voltaires und Olims Zeiten in Venedig nicht nur üblich, sondern sogar möglich waren.

Eine pompöse, häßliche Dame wurde hereingeführt. Sie gab der plaudernden Madelin einen Stups und vollführte dann mit Hingabe eine vollendete Reverenz vor dem Exkönig, wobei sie den Umstehenden Gelegenheit gab, einige kleine entzündete Pickel zwischen ihren Löckchen am Nacken zu bewundern. Sie mußte wohl eine Prinzessin oder sowas sein. Nur Prinzessinnen machen heutzutage noch Hofknickse, wozu sie, traurig für sie, ebenso selten Gelegenheit haben wie z.B. Madelin. Aber Mädchen wie Madelin ergreifen eine solche Gelegenheit nicht. Sie schütteln den Männern, die man ihnen bringt, freundlich die Hand, eher hochnäsig, wenn es sich um ältere Jahrgänge handelt.

»Denken Sie nur, ich bin ja so merkwürdig«, sagte ein griechischer Pianist, den einige ältere Damen zum Flügel gedrängt hatten mit »ach, spielen Sie doch ein bißchen, ganz gleichgültig was, bißchen Musik, Musik.«

»Ganz merkwürdig und seltsam, denn nichts interessiert mich so wie das Überirdische.« Die alten Damen waren entzückt und vergaßen das bißchen Musik.

»Ich auch, ich auch.«

»Hören Sie doch nur mal meinen letzten Fall.«

»Und immer treffe ich seelisch Verwandte.«

»Nein, und wie ich dazu kam.«

»Wir werden eben geführt.«

»An mich erging ein Ruf, ich sollte Sie treffen.«

»Bei uns sagt man mental message.«

»Das gehört ja zur Christian Science.«

»Krishnamurti sagt ...«

»Steiner ...«

Es ist nämlich in unserer Zeit nicht nur in Venedig das Außerirdische oder wie man das sonst nennt neben anderen ein beliebtes Thema zum Plaudern in Gesellschaften. Nun war der Grieche keinesfalls hier die Hauptperson. Die königliche Hoheit auch nicht, und die vielen alten, rosig und übermäßig kosmetisch behandelten Damen erst recht nicht.

Sondern die Hauptperson, für die das Fest gegeben wurde, war Bachmann, ein vor 57 Jahren in Galizien unter dürftigsten Umständen geborener Mensch, dem man das jetzt nicht mehr anmerkte, und der inzwischen viele Male erst Deutschland, dann die Welt mit seiner Regie von zuerst Komödien und dann Pantomimen zur begeistertsten Raserei gebracht hatte.

Eben jener Bachmann, von dem die schönsten Frauen überall behaupteten, daß sie in seiner Gegenwart kaum zu atmen wagten und nur sehr selten etwas zu sagen, wofür allerdings sie nachher nicht verantwortlich zu machen seien. Tatsächlich konnten sich nur sehr häßliche Frauen gut mit ihm unterhalten und hier Madelin.

Bachmann war ein Magier.

Madelin war Amerikanerin und dadurch nicht in der Lage, Angst als Kitzel und Geheimnis als Reiz zu empfinden, weil nämlich sie weder Angst noch Geheimnis zu empfinden überhaupt fähig war. Sie stand jetzt mit Bachmann in der Nähe der geöffneten Tür, Bildnis junger, schöner Dame, im Marmor-Rahmen, und ließ sich hochmütig von ihm unterhalten. Als sie anfing, Bachmann ganz gewöhnlich auszufragen, flüchteten die herumstehenden Europäer eilig in einen Abstand, von dem aus sie gespannt und mit einem heißen Gefühl im Rücken zusahen, was daraus werden konnte. »Was ist Ihr Beruf?« hatte Madelin Bachmann gefragt, der seit dreißig Jahren diese Frage nicht mehr gehört hatte und sehr darüber lachen mußte.

»Ich mache Regie«, sagte er.

»Ach, Theater? Natürlich erinnere ich mich. Sie waren ja mal bei uns. Ich hab, glaube ich, mal darüber gelesen. Ansehen durfte ich es nicht. Ich war noch im College. Was war es denn?«

»Ich liebe Ihre Stadt«, sagte Bachmann höflich, der sich wie zu seiner Rechtfertigung der rauschenden Empfänge erinnerte, die man ihm zu Ehren gegeben hatte.

»Ich finde Chicago scheußlich«, sagte Madelin »die Leute dort haben von nichts eine Ahnung außer wenn sie andauernd nach Europa fahren.«

»Lake Shore Drive, irgend so eins von den riesigen Häusern. Nachts flammend weiß über den Michigan See; das ist die schönste Stelle von ganz Amerika. Zimmermann Tower heißt es, glaube ich; gehört es Ihnen?«

»Zimmermann Company; ja, der Großvater von Papa hatte dort seine Schmiede. Das ist lange her. In der großen Halle von den Büros steht am Kamin ein Amboß. Und Werkzeug. Zangen und so.«

»Große Männer in Amerika. Große Maler. Große Geschäfte. Große Schriftsteller. Sogar große Politiker.«

»O, das genügt noch nicht«, sagte das amerikanische Mädchen beiläufig, »wir wollen die anderen auch. Wenn auch die meisten herüberkommen; wir rufen sie, verstehen Sie, die Universitäten, die Betriebe, die Sternwarten, so wollen wir auch wissen, wie das ist, wo sie herstammen.«

»Zimmermann tower.«

»Zimmermann«, sagte Madelin, wobei sie das Z wie ein S aussprach. »Simmermann.«

»Die Besten, das habe ich oft erfahren, sind deutscher Abkunft.«

»Keineswegs«, sagte Madelin. »Eine rein amerikanische Dame.« Sie drehte sich um und ließ Bachmann einfach stehn.

Der depossedierte König, dem die Peinlichkeit dieser Art, plötzlich stehen gelassen zu werden, aus eigener Erfahrung bekannt war, errötete.

Die pompöse Dame Hofknix segelte auf Bachmann zu und sagte mit ihrer schrillsten Stimme: »Besonders reizend, diese amerikanischen jungen Mädchen, es bildet sich da drüben doch so etwas wie unsere Aristokratie.«

Sie war so häßlich, daß Bachmann sich danach trotzdem gut mit ihr unterhielt.

Bis ein etwas bleicher, aber gewiß recht schöner junger Mann sich auf italienisch an ihn wendete.

»Was will dieser Mensch?« fragte Bachmann, der kein Wort verstand.

»Er will Ihnen sagen, wie froh er ist, Sie zu sehen und daß er sich darüber freut, von Ihnen etwas über die moderne Regie zu erfahren.«

Bachmann sah eisig aus.

»Der junge Mann«, erklärte die Dame begütigend, »ist nämlich der Gatte von Julia, bei der wir hier schließlich zu Gaste sind.«

Das war nun wieder so erstaunlich, daß Bachmann beschloß, noch lange hier zu bleiben.

»Diese Amerikanerinnen«, erklärte die alte Dame, nachdem sie ein bißchen für Bachmann und den Gatten Julias übersetzt hatte, »sind gewitzt heutzutage. Zwar werden sie von diesen italienischen Aristokraten noch ihres Geldes wegen geheiratet, aber die armen Gatten bekommen außer einem geringen Nadelgeld nachher wenig von dem Geld zu sehen.«

»Wer ist nun eigentlich diese allerhübscheste Amerikanerin, mit der ich vorhin sprach?« fragte Bachmann die Dame Hofknix, die über alles Bescheid zu wissen schien.

»Die Nichte eines Senators.«

Ein prima aussehender junger Mann unterhielt Madelin auf amerikanisch so, daß sie deutlich merkte, daß er ein Deutscher war. Als sie ihm sagte: »Ich spreche Ihre Sprache gut und gern«, fuhr er doch auf amerikanisch fort: »Unser Botschafter in Rom ist hier im Grand Hotel, morgen gehe ich zu ihm.«

»Warum?« fragte Madelin, »was wollen Sie denn von ihm?«

»Nichts; wieso?«

»Na, wenn Sie hingehen?«

»Er bat mich, zu kommen.«

»Sind Sie im Geheimdienst Ihres Landes? Erzählen Sie doch bitte!«

»Nein, wie kommen Sie darauf?«

»Was will er dann?«

»Wer?«

»Na, Ihr Botschafter.«

»Er hat mich eingeladen«, sagte der Deutsche nun schon mit etwas irritiertem Stolz.

»Wie komisch«, lachte Madelin, diese Amerikanerin.

Bachmann brachte Madelin ein Glas Sekt; sie dankte und nahm es nicht.

»Erinnerung an Prohibition?« fragte Bachmann.

»Nein«, sagte Madelin, »ich trink nur Gin und den nur in Amerika.«

So bildet sich überall ein Geschmack heraus.

Jemand machte ihr ein Kompliment über ihr Kleid.

»Danke sehr«, sagte Madelin, die aus einem Lande kam, wo man Komplimente zwar nicht glaubt, aber dafür dankt. Der deutsche Herr fand Madelin ganz bezaubernd, wie sie dastand mit ihrem hellen Haar, das locker und duftig war wie der Flaum eines jungen Vogels; und diese Augen. So blau und sanft und kühl. So deutsch, fand der deutsche Herr. Er wollte sich mit ihr unterhalten. Er fing an: »Wie fanden Sie San Marco?«

»O«, sagte Madelin strahlend: »Ich habe gestern dort mit Jack wunderbaren Eiskrem bekommen.«

Madelin hatte den Platz gemeint, der deutsche Herr die Kirche.

In diesem Augenblick trottete ein bemerkenswerter Hund durch den Saal. Er fiel niemandem auf und auch Madelin sah erst, was mit ihm besonderes war, als sie sein törichtes Benehmen bemerkte. Der Hund blickte nämlich beim Gehen unablässig auf seine Pfoten. Erst auf die vorderen, dann mit kleinem Rucken des Kopfes nach rechts und links hinten. Dann wieder auf die vorderen. Die Pfoten die-

San Marco

ses Hundes waren bis ziemlich hoch hinauf rot. Sonst war das Vieh ordentlich weiß und lockig.

»Dieser Hund«, sagte Madelin in ihrer lässigen Weise und wunderte sich, daß niemand außer ihr das auffallend fand, »ist durch Blut gewatet. Irgendwo in diesem Palazzo liegt wohl jemand erschlagen. Tot.«

»Sie haben einen bezaubernden Mund«, sagte der Deutsche, der Madelin diesmal überhaupt nicht verstanden hatte.

Jack hatte unterdessen von dem schlechten Sekt derartig viel getrunken, daß er blau war. Er versuchte fortwährend, auf einen Sessel zu klimmen, um sich hinzusetzen, aber weil er mitten drin immer vergaß, was er vorhatte, sprang er über den Sessel und fiel zu Boden.

»Auffallend, dieser Boden ist aus Stein und kühl«, teilte er dann den Stuhlbeinen mit. Stand schwierig auf und begann sein Vorhaben von Neuem.

Das alles fiel keinem Menschen auf.

Weil nämlich in dieser Stadt Venedig schon Hunderttausende von Amerikanern gewesen waren und sehr viele von ihnen zu Festen eingeladen wurden.

Madelin, die in Amerika nichts unterschiedlicher gefunden hatte als Amerikaner aus dem Westen und Amerikaner aus dem Osten, fand, seitdem sie in Europa war, alle Amerikaner erschreckend gleich. Das war ein europäischer Standpunkt und nicht besonders nützlich, weil es doch immens praktisch ist, mit Menschen zu reden, die einen auch verstehen. Und Madelin, die Amerikaner in Europa soviel wie möglich vermied, war dadurch ziemlich oft allein und in wichtigen Momenten auf sich selbst angewiesen.

Aber, als sie auf ihre zweite Bemerkung über die blutigen Pfoten von der königlichen Hoheit die Antwort bekommen hatte, daß amerikanische Mädchen erstaunlich oft erstaunlich bezaubernd seien, beschloß sie, wenigstens Jack zu suchen. Sie fand ihn endgültig auf der Erde liegend, sein Kopf war unter einem Sessel, er schlief fest. Die Dame mit dem Hofknix war schon zweimal mit Absicht über seine langen Beine gestolpert. Sie wollte mit ihm eine Frühstücksverabredung für morgen treffen.

In Venedig nämlich ist das Gespräch über Frühstücken, mit wem und wann und wo und ob und wie, häufiger als ein Gespräch z.B. über die Tizians in der Accademia oder über die Balaustra im Hof von San Marco.

Die Dame Hofknix hatte amerikanische Jungens gern. Madelin, die Jack in seinem augenblicklichen Zustand nicht gebrauchen konnte, ging mit der königlichen Hoheit tanzen. In einem gelben Saal mit Türen und Spiegeln, deren Umrahmung aus hölzernem Obst bestand.

Plötzlich erschrak Madelin zwischen all den Tanzenden so, daß ihr das Wasser in die Augen trat und sie den königlichen Frack mit ihren Fingern umkrampfte. Glücklicherweise trafen ihre Finger nicht das königliche Fleisch. Da wo sie hinfaßte, war Watte. Der König, seitdem er keine Epauletts mehr trug, legte Wert auf Polsterung der Schultern. Madelin erschrak so, weil nämlich plötzlich zwischen den Tanzenden und etwas höher als die meisten von ihnen, ein blasses Gesicht erschienen war. Das von einem dunklen Mann mit Vollbart, in dessen oberer Hälfte eine Zigarette wölkte. Als Madelin die königliche Hoheit sofort dahin dirigierte, wo das Gesicht aufgetaucht war, sah sie plötzlich sich selbst. Sie hatte sich schon so oft gesehen, daß sie sich sofort erkannte, obwohl ihr der Herr, den sie umarmt hielt, fremd vorkam. Sie stand vor einem Spiegel. Also zog sie ihre Puderquaste aus etwas heraus, was bis dahin wie eine Blume ausgesehen hatte, aber ihre Tasche war, und begann sich zu pudern. Die königliche Hoheit, plötzlich losgelassen, benutzte diese freie Zeit, um an der Brille zu rücken und Madelin zu versichern, daß sie entzückend sei. Und dieses in drei Sprachen, von denen sie plötzlich keine mehr verstand, so zerstreut war sie oder vielmehr vertieft.

Zerstreutheit in einem Gespräch bedeutet ja, daß man an irgendetwas so vertieft denkt, daß man die vielen kleinen Worte, die um einen herumgestreut werden, gar nicht erfaßt. Mit dem Rücken zum gleichen Spiegel, vor dem Madelin sich puderte, stand Bachmann und ließ sich von dem Griechen über Okkultismus unterhalten, was dessen einziges Thema war.

»Ich erinnere mich zufällig, weil wir an dem Tag drei notorische Levationen hatten. Das Medium war vielfach elektrisch gesichert, im Auditorium waren nur Skeptiker. Dennoch gelang der merkwürdige Effekt von zwölf deutlichen Schlägen«, der Pianist wechselte das Standbein, wobei er auf Madelins Schleppe trat. »Pardon«, fuhr er fort. »Wieso«, fragte Bachmann. »Nicht zu Ihnen«, sagte der Pianist. »Was heißt das? Wieso gerade zwölf?« fragte Bachmann. »Wovon sprechen wir?« fragte der Pianist und sah auf die gelbe Seide von Madelins Kleid.

In so einem Augenblick, stellte sich Bachmann vor, müßte bei ihm ein Lakai auftreten und irgendwas anbieten, aber es kam keiner. Bachmann war leicht gekränkt.

»Wer ist denn der Mann mit dem Bart?« fragte ihn Madelin.

Die königliche Hoheit hatte schon wieder tanzend eine andere Amerikanerin im Arm, aber merkte den Wechsel gar nicht, weil er eben von Natur aus den europäischen Standpunkt hatte.

»Sehr häufig haben Leichen«, erklärte der griechische Pianist, ehe Bachmann Madelins Frage beantwortete, »wenn sie sich sogar schon sehr kurze Zeit nach ihrem Tod materialisieren, einen Bart. Ich erlebte das einmal, als wir bei dem Grafen Westholt eine séance machten, in welcher der alte Schuldiener des Grafen erschien.«

»Ich würde einem Schuldiener«, bemerkte Bachmann in seiner netten ernsthaften Weise, »nie einen Bart geben.«

»Er trug einen chinesischen Schlafrock«, behauptete der Grieche, und, um es glaubhaft zu machen, »mit Blümchen und Flamingos.«

In diesem Moment ging das Licht aus. Die Frauen schrien. Madelin schrie auch. Die meisten Frauen packten angstvoll die Revers der Männer, die bei ihnen standen. Madelin packte auch die Revers eines Mannes. Als das Licht darauf gleich wieder anging, sah Madelin, wen sie gepackt hielt. Es war der Mann mit dem Bart.

»Endlich«, sagte Madelin.

»Am besten«, sagte der Mann mit dem Bart, »sehen Sie doch am Strand mit Ihrem weißen Badeanzug aus. Übrigens das mit dem Licht passiert oft in Venedig. Manchmal kommt es in einem sehr hübschen Moment.«

»Tanzen Sie mit mir?« fragte Bachmann, und

dann tanzte er mit ihr herzzerbrechend schlecht, fand Madelin.

»Sie sollten bei mir spielen«, sagte Bachmann zart und ernsthaft.

»Früher wollte ich mal zum Film.«

»Ich habe eine Rolle, in der Sie wunderbar sein könnten. So wie Sie, genau, muß die arme Schöne sein.«

»Und dann sammelte ich die Autogramme und jetzt bin ich zu groß. 1.77.«

»Laufen Sie gut, sind Sie trainiert? Sie müßten in einer Scene von der Bühne durch den Zuschauerraum laufen und ein Tor aufschließen. Es ist Pantomime, jede Handlung Symbol, ganz einfach natürlich wie im Traum. Sie schließen das Tor auf. Die arme Schöne erschließt sich das Leben. Die Musik läßt Ihnen für den ganzen Weg zehn Sekunden.«

»Besser fahre ich Auto.«

»Eine gotische Heiligen-Legende. Sie hielten in Ihren Händen dabei den Schlüsselbund wie einen Strauß von geliebten Blumen.«

»Ich habe beim Quer durch die U.S.A. einen Preis gemacht. Einmal mußte der Wagen durch einen Fluß, weil die Brücke zersprungen war. Toll, was das Wasser anrichtet in so unbewohnten Gegenden. Die Wellen gingen bis über die Motorhaube. Es gibt schöne Momente im Leben.«

»Ich habe die größte Halle Deutschlands dafür. Zehntausend Zuschauer, ursprünglich war sie für Radrennen gedacht.«

»Sechs Tage?« fragte Madelin.

»Wie? Ah? Erst einen Winter lang. Wenn es gut geht, ein Jahr hindurch. Sie brauchten nicht so lange dazubleiben.«

»Ich kann ja überhaupt so etwas nicht. Wir haben im College nur Deklamation gehabt.«

In einem der Räume ging plötzlich das Radio an. Es war schon so spät in der Nacht, daß alle verwundert aufhorchten. Man hörte eine weibliche Stimme in einer wildfremden Sprache reden. Als der Gatte Julias abstellen wollte, verbat sich das Bachmann, der als einziger verstand, was da geredet wurde. Tschechisch. Vermutlich war das Gespräch für Wien bestimmt, wo es vermutlich auch verstanden wurde. Die Tschechin teilte, wie der Mann, der tschechisch verstand, den anderen klarmachte, einer Freundin auf tschechisch mit, daß es ihr besser ginge und daß sie mit Gottes Hilfe hoffe, die üble Grippe ohne alle Folgen überstanden zu haben.

Diese welterschütternde Mitteilung wurde auf derselben Welle wiederum auf tschechisch mit Ach und Oh und das freut mich aber aufgenommen, woran sich die zarte Frage schloß, ob der Schnupfen des Staatsoberhauptes, von dem des breiteren in den westlichen Zeitungen berichtet wurde, auch besser sei. Ja, das sei er und zwar so weit, daß das Haupt des Staates ohne allzuviel Geschnaube und Geniese die Geschäfte des Staates zu führen wieder in der Lage sei. Die anwesenden Gäste, von Bachmann so über die Privat-Interessen von Prager

Senderdamen unterrichtet, fanden, nun sei die Notwendigkeit der Erfindung des Radios völlig erwiesen und merkten sich die Welle, auf der es nach 1 Uhr nachts in Europa noch Unterhaltung gibt. Unterhaltung? Vielleicht verkappte Propaganda in Code-Sprache.

Die Fenster des großen Raumes, den Madelin eben betritt, sind offen. Sie hört das leise Plätschern des Kanals und riecht den Duft von erwärmtem Wasser mit einer Ahnung von Fisch. Der Raum ist ein Schlafzimmer, das dem Anschein nach dem Gatten Julias gehört. Immer sind in Venedig bei einem Fest sämtliche Räume den Gästen geöffnet.

Madelin entdeckt auf einem barocken Tischchen neben dem großen Lackbett eine Kognak-Flasche. Es ist eine bessere Qualität als alles, was vorne gereicht wird, also will Madelin, obwohl es kein amerikanischer Gin ist, davon trinken, aber sie sieht kein Glas. Die Tür zum Nebenraum ist angelehnt. Ein Badezimmer. Wie alle Badezimmer in Venedig sieht es etwas zu nachträglich aus. Madelin knipst das Licht an und greift nach einem Glas, das auf einem winzigen Waschtisch steht. Aber es rutscht ihr aus der Hand und zerschellt am Boden. Der Boden ist aus Marmor, weiße und schwarze Platten abwechselnd. In der Mitte jeder weißen Platte ist ein kleiner roter, seltsam gezackter Fleck. Madelin betrachtet aufmerksam Spuren von Hundepfoten. Erschrocken läuft sie hinaus und greift zur Kognak-Flasche. Sie tut, ohne ein Glas zu vermissen, einen langen und guten Zug. Danach muß sie lachen und ist ganz vergnügt. Frl. Zimmermann aus Chicago säuft aus der Flasche.

Im vordersten, dem blauen Salon, herrschte jetzt ein solches Gedränge, das überhaupt nicht mehr herauszufinden war. – Auf irgendeine sonderbare Weise spricht es sich in Venedig nachts schnell herum, auf welcher Gesellschaft noch etwas los ist, und da gehen dann alle Leute einfach hin. So kam es, daß, wenn ein Abendessen zu zwölft recht ordentlich mit Männern im Frack und schön angezogenen Frauen begann, später dann immer noch 50 Burschen in Flanellhose und Sweaters da waren, die kein Mensch eingeladen hatte.

Madelin kam gerade nach vorn, als so ein junger Bursche noch mit gerade vergehenden Resten von Höflichkeit versuchte, einige der anderen Burschen vorzustellen. Es gelang ihm nur in den seltensten Fällen. Außerdem gelang es ihm auch nicht, herauszufinden, wo eigentlich die Gastgeberin war. Als er Madelin erblickte, die er vom Strand her kannte, stürzte er sich sofort auf sie und ließ die ganze Bande auf sie los.

»Sie schwimmen wunderbar, Frl. Zimmermann, Sie müssen wunderbar tanzen.«

»Ja, ich tanze wunderbar.«

»Ich sah Sie neulich auf dem Rialto stehen.«

»Ich sah Sie neulich auf der Piazza sitzen.«

»Ich sah Sie neulich am Strande laufen.«

»Gestern sah ich Sie auf dem Dampfer.«

Madelin amüsierte sich. Einer der jungen Leute, ein Amerikaner, dessen Name, Charlie Hickett, gerade genannt wurde, schüttelte Madelin die Hand, wobei er starr auf ihre Schulter blickte und ehrfurchtsvoll sagte:

»Der Schmuck ist ja enorm schön, verzeihen Sie.«

Madelin, die eine Kette von venezianischen Glaskugeln um den Hals trug, sagte: »Nicht wahr? Und so teuer. Er kostet fünftausend Lire.« – »Nein«, sagte der Junge. »Ich meine die Brosche auf Ihrer Schulter.« Und er sah weiter bewundernd die Brosche auf der Schulter an. Madelin, die das bißchen Schmuck, was sie besaß, in Chicago gelassen hatte, wußte, daß sie gar keine Brosche an der Schulter trug, griff aber lachend unbewußt dorthin. Ohne Zweifel – da saß eine Brosche, und klein war sie auch nicht. Madelin hörte sofort auf zu lachen und auf ihrer Stirn erschien eine Falte.

»Was soll das bedeuten, Herr Hickett?« fragte sie wütend.

»Verzeihen Sie indiskret pardon«, stammelte der junge Mann verlegen und wandte sich weg. »Halt, Sie bleiben bei mir«, bestimmte Madelin, »Sie sollen mir helfen, Sie sind Amerikaner. Also: Ich trage niemals Broschen. Auch diese hier trage ich nie. Sie gehört mir gar nicht. Was soll ich tun?«

Der Junge, der Madelin für völlig betrunken hielt, sagte nichts, sondern wartete in vorsichtiger Haltung ab, was diese irrsinnige Person ihm sonst noch mitteilen würde. Aber nun schwieg diese Person und der Junge hätte gern etwas zu trinken gehabt. »Sie bleiben hier und raten mir, was zu tun ist.« Madelin griff ihn am Ärmel und zerrte ihn vor einen der im Raum gleichmäßig verteilten Spiegel. »Hübsch«, sagte sie dann. »Sehr kostbar«, sagte Charlie.

Die Brosche bestand aus einem Band von kleinen Diamantrosen, auf das im Abstand von einem Zentimeter ein großer, flach geschliffener, viereckiger Saphir und ein großer, viereckiger Smaragd leuchteten. Etwas bunt. Aber hübsch. Die Platinnadel hatte eine Sicherung, die weder Madelin noch Herr Hickett aufzumachen fähig waren.

»Wenn ich sie abreiße« sagte Madelin, »so ist der linke Träger vom Kleid zerrissen und das Kleid rutscht mir links herunter und ich habe nichts darunter.«

»Also dann reißen Sie die Brosche ab«, sagte Charlie Hickett.

»Einen anderen Rat für diesen«, bat Madelin ihren Landsmann.

»Behalten Sie die Brosche«, sagte der Landsmann.

»Halten Sie den Mund und gehen Sie zur Hölle«, sagte die elegante junge Dame. Und der unglückliche Hickett ging zur Hölle, um zu sehen, ob er nicht auf dem Weg dahin etwas zu trinken erhaschen könnte. Er hatte es, wie er zu sich selbst sagte, bis zum Hals, und diese Salons in Venedig waren ein unleidiges Pflaster.

Madelin machte sich nun auf, um die Herren des Hauses zu suchen, denn das schien ihr in diesem Moment das Richtige. Sie dachte, daß es das Richtige wäre, sich an die Herren des Hauses zu wenden, wenn man eine Brosche auf ihrer Gesellschaft verlieren würde, müsse man sich also auch an die Herren des Hauses wenden, wenn man auf ihrer Gesellschaft an seiner Schulter eine Brosche findet. Sie traf Julia, die Dame des Hauses, erst nach langem Suchen im Schlafzimmer von Julias Gatten, wo sie auf den Knien eines hübschen fremden Herrn saß und Kognak trank, wozu sie merkwürdigerweise auch kein Glas benutzte.

»Höre, Julia«, sagte Madelin verzweifelt: »Du kannst mir helfen. Eben kommt ein Junge, Charlie Hickett heißt er, und sagt, ich hätte eine Brosche auf der Schulter. Ich habe aber gar keine Brosche auf der Schulter gehabt.«

Julia kicherte: »Ich seh sie aber ganz deutlich, hübsche Brosche, und Herr Beaulieu, darf ich ihn dir vorstellen, sieht sie auch ganz deutlich. Siehst du sie, Herr Beaulieu?« »Ja«, sagte Herr Beaulieu, und gab Julia einen Kuß auf die Wange.

»Aber«, schrie nun Madelin, »diese Brosche gehört mir ja gar nicht.«

»Dann«, sagte Julia und versuchte ernsthaft und mütterlich auszusehen, »gib sie Charlie Hickett zurück und störe mich hier nicht, mein Kind, du siehst, ich habe zu tun. Ich möchte noch in Ruhe ein Schlückchen trinken.« Worauf sich Julia ihrer ununterbrochenen Beschäftigung wieder hingab.

»Schwein«, sagte Madelin, aber ziemlich leise, weil sie nicht noch eine Komplikation herausfordern wollte, und ging hinaus. Auf einem der Korridore sah sie jemanden mit einem Tablett, auf dem leere Gläser und volle Aschenbecher standen.

Blick auf den Palazzo Vendramin

»Hallo«, rief Madelin, »gut daß ich Sie sehe, Vendramin.«

In Venedig haben die Chauffeure der Motorboote, die fast immer gleichzeitig Diener sind, die Angewohnheit, sich gegenseitig bei den Namen der Palazzi zu rufen, in denen sie angestellt sind. Der Chauffeur Vendramin, der heute bei Julia half, hatte Madelin oft gefahren und sie hatte seinen Namen oft von den Brücken erschallen gehört. Und jetzt, als Madelin so todunglücklich war, fiel ihr ein, wie zuverlässig er immer geantwortet hatte. Die anderen Chauffeure, die mit ihm an den Stegen parkten, riefen, wenn sie seinen Herrn kommen sahen: »Vendramin, dein Padrone«. Und er »eccomi«. Nie passierte es, wie oft bei anderen, daß er einfach nicht da war und dann viel zu spät mit irgendwelchen fadenscheinigen Entschuldigungen auftrat.

»Was soll's denn«, sagte der Chauffeur und stellte sein Tablett auf eine Kredenz.

»Ich muß Sie sprechen.«

Der Chauffeur, der so hübsch war, daß er gewohnt war, von Amerikanerinnen so etwas zu hören, zeigte seine prachtvollen Zähne, machte eine höfliche Geste; »hier hinauf.« Sie setzten sich auf die Stufen der Dienertreppe, dem einzigen Ort hier, wo sie, wenn sie Glück hatten, in dieser unruhigen Nacht nicht gestört werden würden. Hin und wieder kam aus einer plötzlich aufgerissenen und wieder zugeworfenen Tür das wirre vielsprachige Gerede und Bruchstücke der wilden Musik einer mittelmäßigen Band. Madelin erzählte aufgeregt, was ihr passiert sei. »Schade«, sagte, als sie geendigt hatte, der Chauffeur, »daß ich nicht mit ihnen tanzen darf.« »Was soll ich tun«, fragte Madelin.

»Geben Sie mir das Ding«, sagte Vendramin und machte mit leichtem Klik die Nadel auf. Er hielt das glitzernde Ding in einer Hand, mit der anderen schlug er sich treuherzig auf die Brust, daß es klatschte: »Ich bin schon den zweiten Sommer in derselben Stellung.«

In Venedig nämlich zählt die Zeit nach Sommern. Was die Einwohner eigentlich dazwischen tun, bleibt unerfindlich. Madelin versicherte Vendramin, daß sie ihn von vornherein für einen der ehrenhaften Männer Venedigs gehalten habe. Sie standen auf. »O.K.«, sagte der Chauffeur. Dieses Wort, das vor fünfundzwanzig Jahren in Amerika Mode gewesen war, war in Venedig angekommen auf seiner Reise in die tropischen Länder, und hatte sich begeistert beim Volk niedergelassen. Dann klopfte Vendramin locker dem Mädchen Madelin auf die Stelle, mit der sie auf der Treppe gesessen hatte. Dann riß er die Tür auf. Sie stolperten beide beinahe über einen Mann, der sich davor in gebückter Stellung aufgehalten hatte. Der Mann richtete sich schnell auf und wandte sich ab.

In Venedig muß es einmal eine Zeit gegeben haben, in der man Spiegel für ein Butterbrot hatte kaufen können, denn alle Häuser waren an allen Wänden voll davon. Madelin konnte das Gesicht des Mannes noch einen Moment in einem Spiegel sehen. Und wieder war das Gesicht im Spiegel der Mann mit dem Bart. Im Saal über dem großen Kanal spielte die Band jeden Augenblick falscher, denn die Männer, die sie bildeten, wußten, daß sie die einzigen ihrer Art in Venedig waren. Die anderen Bands waren teurer. Und besser. Und zu Hause schrien Weiber und Kinder. Und Julia zahlte pauschal.

Ganz allein tanzte der zwar entthronte, aber noch höfliche König mit der ältesten Dame, der Tanzen ungeheuer Spaß machte. Sie hielt Tanzen wie alle Damen ihrer Generation für ein Vorrecht der Jugend, und darum tat sie es so gern. Im übrigen hatte es sich nämlich sogar in Venedig herumgesprochen, was für eine fürchterlich langweilige Angelegenheit Tanzen ist. Außer nach dem Essen aus hygienischen Gründen und vielleicht für einen Mann, der genau wissen will, wie die Frau, die seinen Augen wohlgefällt, tatsächlich gebaut ist. Sonst ist es doch so: Der Mann fordert zum Tanzen auf, weil er denkt, die Frauen freuen sich diebisch und erwarten es von ihm. Und die Frauen sagen nicht nein, weil sie die ungeahnten Folgen fürchten müssen, die es nach sich zieht, einen Mann in Erstaunen zu setzen.

Bachmann, der die fixe Idee im Kopf hatte, Madelin, Schauspielerin, war auch noch da.

Überhaupt waren noch auffallend viele da. Vor allem natürlich, weil man in Venedig so spät nicht noch irgendwo anders hingehen konnte, und dann, weil noch niemand müde genug war, das übliche Warten auf ein Wunder aufzugeben, aus dem doch schließlich eine Gesellschaft besteht.

Jack war mit der Frau Hofknix intim geworden. Sie sprach mit ihm über Saphire, und obwohl er über das Stadium des Unter-den-Stühlen-Liegens schon hinweg war, ging es ihm doch noch nicht einwandfrei. Er begriff glücklicherweise gar nicht, was in diesem Fall bedeutete, daß Saphire groß und rund und ohne Fazetten geschliffen in seinem Frackhemd gut aussehen sollten, und unter was für Umständen er sie erhalten würde. Glücklicherweise darum, weil er ein junger Amerikaner war, der es nicht ohne übelste Folgen ertragen hätte, hier in Venedig plötzlich sein Weltbild umgestoßen zu sehen. Saphire wie alle Steine, hatte er gelernt, waren dazu da, den Frauen von Männern gereicht zu werden und nicht umgekehrt. »Sie können doch Ihre Schwester sehr gut hier lassen bei den

Schmidts«, sagte Dame Hofknix und ihre krausen rote Haare glitzerten.

»Wir gehen nach Tanger, da habe ich ein Haus.« Jack summte das Lied mit, was von der Kapelle herklang, und das vor sieben Jahren in Amerika mal modern gewesen war. Sieben Jahre? Na, Jack hatte wenigstens noch zu den Kleinen im College gehört. Er hat damals wie ein Hase getanzt. »Gott, das macht mich sentimental«, sagte Jack und meinte das Lied. Hofknix dachte, er meine ihren Vorschlag und spiele auf ihre Jahre an, und schnappte hörbar ein. Trotzdem versuchte sie Jacks Kopf an ihren enormen Busen zu pressen und sagte verträumt: »Ich könnte Ihre Mutter sein.« Jack blinzelte zu ihr hinauf, fand zwischen ungeheurem Schmuck und fehlfarbigen Haaren ein Gesicht, das auch seiner Großmutter gehören könnte, und machte es sich bequem. Der Platz für seinen Kopf war warm und weich – gerade was er in seinem Zustand brauchte. Bachmann kam und sagte etwas darüber, daß Mr. Zimmermanns Schwester hinreißend aussehe. Madelin war gerade vorübergegangen, in irgendetwas nachdenklich vertieft und ohne aufzublicken. »Kunststück bei dem Bruder«, sagte Dame Hofknix stolz.

Von draußen am Hafen tönte das Tuten eines abfahrenden Ostindien-Dampfers. Es war, als bewege dieser Laut die Luft. Dann klangen hell und dunkel, volltönend und leise, scheppernd und laut, zärtlich und drohend die Uhren Venedigs. Vier Schläge. Volle Stunde. Drei Schläge. Die dritte

Stunde des jungen Tages. Es dauerte lange. Die Uhren der Kirchtürme Venedigs brauchten z.B. beim Schlagen von zwölf Uhr immer mehr als zehn Minuten. Sie gehen alle verschieden, aber sind dafür an jeder Stelle der Stadt alle deutlich zu hören. Man konnte seine Uhr stellen, wie man wollte. Pünktlichkeit war hier sowieso nicht üblich.

Madelin hatte irgendwo ein Fenster gefunden, das überraschenderweise nicht auf einen Kanal hinausging, sondern auf einen steinernen Hof, der mühsam versuchte, wie ein Garten auszusehen. Weinlaub rankte sich über gebogene Stäbe. Sogar einen Baum gab es, einen Baum irgend einer Sorte, mit einer unbeschreiblich verbogenen Krone. An Ketten hingen eiserne Körbe mit Blattpflanzen wie vom Himmel herunter. Aber der Garten roch nicht nach dem Grün der Blätter, sondern wie alles in der Stadt nach Fischen, süßem, lauem Wasser und feuchten Steinen. Madelin trauerte der Brosche nach. Kaum hatte man so ein hübsches Ding – jup war es weg. Vermutlich trug es der Chauffeur Vendramin morgen oder heute Nacht noch in ein Leihhaus und bekam dafür 50 000 Lire. Es war undenkbar, in Venedig für irgend eine Sache mehr als 50 000 Lire geliehen zu bekommen, das hatte Fr. Schmidt erst heute morgen wieder versichert, als sie Jack um einen Vorschuß für die Pension anging. Folglich hatte Jack ihr 50 000 Lire gegeben, weil er von den Sitten und Bräuchen der Eingeborenen nur ungern abstach, und hatte Fr. Schmidt sehr damit erfreut.

Hof im Palazzo Foscari

Die Kapelle wurde jetzt endlich verdrängt. Der griechische Pianist saß am Flügel und sagte, ehe er zu spielen begann: »Ich spiele zu Ehren seiner königl. Hoheit«, zu welcher Ehren er sich noch einmal kurz erhob. »Bravo«, riefen die Leute, die gerade im Zimmer waren. Der Pianist spielte übrigens gar nicht so schlecht, wie er aussah.

Bachmann stand am Flügel und sah zu den Klängen der Mazurka von Chopin das Mädchen Madelin mit nichts als einem langen Hemd bekleidet auf einem fasrigen grünen Teppich tanzen, der gerad auf der Bühne war. Sie tanzte vor einem düsteren Mann und hatte für den alles Lächeln der unschuldsvollen Verführung um den Mund.

In ihren harten langen Fingern glühte das Feuer der Vesta wie in einer Schale, und ihre Lippen waren zu beredter Stummheit verdammt. O süße Pantomime. Ohne Banalität durch das Wort. Wer hat das Stück erdacht. Wer die Gefühle; wer die Regungen. Wer das Geschehen? Der Zuschauer erdenkt dies alles. Seine Phantasie erst deutet, was die Bühne ihm zu sehen gibt. O süße Musik, zur Führung des Körpers erdacht.

O süße Verstrickung durch das junge Mädchen. Die Düstern, die sie lockten und verführten und die dabei den Tod gewannen. Oder doch schmachen Untergang. Kein Dichter konnte es sagen, deutlich genug für Bachmann. Kein Wort gab es, das in New York unter den gleißenden Lichtern des Gardens genau ebenso verstanden wurde wie in Rom, Paris und Berlin. O süße Pantomime. Drei Dimensionen stummen Films. O süßes Geld, was sie damit zu verdienen gedachten.

Der Pianist spielte das Rondo von Chopin mit einem raffiniert spitzfindigen Schluß.

Zum Schluß bekäme das Mädchen Madelin ein Kind in die Arme gelegt. Von dem düsteren Manne in den Schoß. Hinter der Bühne vom Inspicienten eine Puppe in die Arme. Das Kind erfror in der Winternacht und in der eisigen Kälte des Mondes. Drei Scheinwerfer weißes Licht auf Miss Zimmermann. Grün in die Soffiten. Blau in die Rampe. Ganz gleich worüber die Leute weinten, wenn sie nur weinten.

Gretchen?

Madonna?

Eva, Lilith, Ruth, Esther, Helena, Johanna?

Auch bei den Antiquaren Venedigs ist gotisch der letzte Schrei. Die Figuren an der Uhr am Straßburger Münster erzählen eine Geschichte. So eine Geschichte brauchte man. Ein riesiges Ziffernblatt. Der Zeiger schlank und deutend. Das Mädchen Madelin. Aufrecht wie eine Flamme. Diese deutliche Unschuld. Das reichte einen Kilometer weit. Und die Knie der Männer erzittern.

Der Pianist schloß nach dem Impromptu von Chopin den Flügel mit lautem Knall. Aus. Schluß. Er hatte getan, was seines Amtes war. Nun ging er einen saufen. Nun ließe er sich von häßlichen alten Weibern erzählen, was sie bei seiner Musik empfunden hatten. Höflich neigte er den Kopf. Wirklich? An die alte Linde in einem Gasthof von Sussex. Ach nein. Als mir mein erster Gatte starb. Wie sonderbar; und Sie, meine Gnädigste? In meiner Jugend – ja das glaube ich, Sie altes Reff – ich habe selbst mal gespielt. Kunst ist das aller-aller-Schönste. Kunst und Liebe. Was, Liebe auch? Vorbei, lange, lange vorbei. Zum Kotzen, diese Weiber. Zum Kotzen? Ach, was. Das war doch die gute Sorte. Die

Sorte, die in den großen Städten dieser Welt Billets kaufte. Bündelweise. Kommen Sie mit, ich kenne den Künstler persönlich. War er nicht ein Wunderkind? Ja, er war ein Wunderkind. Der Pianist wischte sich die Stirn, den Hals, das Gesicht. Schwül war es. Sogar die Marmorplatten unter seinen Füßen, er fühlte es deutlich, waren schwül. Die königl. Hoheit näherte sich etwas steif.

»Großartig, ja es bedeutet doch allerhand, etwas zu können, richtig was durchstudiert, firm, gekonnt. Ich hab mal Cello gespielt.«

»Ohne Zweifel«, sagte der Pianist, »mit großem Talent.«

Er sagte das ernst, aber bitter. Ein Herr von Bock benutzte die Gelegenheit, sich vorstellen zu lassen.

Madelin hatte von ihrem Fenster aus der Musik zugehört. Sie sah über den Hof hinweg den erleuchteten Musiksaal. Madelin drehte sich um. Sie merkte erst jetzt, daß sie wieder auf dem kleinen Vorplatz der Dienertreppe stand. Julia kam die Treppe herunter. Sie hatte wohl genug von dem küssenden Herrn im Frack, und ging jetzt, um unter ihren Gästen nach einem neuen Flirt Ausschau zu halten. »Eben soll der Marquis Ritchie gekommen sein«, sagte Julia, ohne Überraschung zu zeigen, Madelin allein und hier zu sehen. »Ich möchte gerne, daß du besonders süß zu ihm bist, Madelin«, so war Julia. Kaum kannte man sie, schon wollte sie, daß man tat, was sie befahl. »Ich denke nicht daran«, sagte Madelin.

»Er ist mein Freund.«

»Das freut mich für dich.«

»Er ist der bestaussehendste Mann in Venedig. Manche sagen, er ist der schönste Mann Italiens, aber natürlich sträuben sich die Römer, es anzuerkennen. Er soll reich heiraten. Das ist der Lieblingswunsch seiner alten Mutter.«

»Sag mal überhaupt«, fragte Madelin nun endlich wütend, »wieso hat der Sealehamterrier rote Pfoten und wer ist der junge Mann mit dem Bart?«

Julia lachte: »Ihr Amerikaner braucht für alles einen Führer. Du kannst ja, wenn ich noch mal eine Gesellschaft gebe und dich dazu einlade, einen Mann vom Auskunftsbüro mitbringen!«

»Bei uns in Amerika wissen die Gastgeberinnen meistens, wen sie eingeladen haben.«

»Gott, wie öde.«

»Und wenn du noch eine Gesellschaft gibst und mich dazu einladest, so komme ich nicht.«

»Gott, wie traurig für mich. Überdies ist dein hübscher Bruder vollständig blau.«

»Was soll er denn auch anderes tun als saufen? Er langweilt sich doch sonst vermutlich zu Tode.«

»Glaubst du, ich gebe eine Gesellschaft, damit sich meine Gäste amüsieren können? Das ist doch bei euch auch nicht üblich?«

»Nein«, sagte Madelin ehrlich, »bei uns macht man auf Gesellschaften seine Geschäfte.

»Siehst du! Ich will, daß Bachmann, der doch auch sammelt, meinen Veronese kauft.« Es war gar nicht so klar, daß Julias Bild ein Veronese war. Aber in Venedig ist es nämlich üblich, daß eine

Familie, die schon lange in demselben Palazzo wohnt, wenn sie verarmt, und verarmen tun doch alle schließlich einmal, irgend ein Bild von den Wänden nimmt. Dann wird mit Hilfe des Kunsthändlers ein Name dafür gefunden. Ein Name, der grade am Markt einen guten Klang hat. Geschickte Kunsthändler halten sich damit möglichst in der Nähe der Wahrheit. Ein Bild aus der Verocchio-Schule z.B. wird einfach ein Verocchio genannt. Auf diese Weise kommt es dazu, daß jemand wie Bellini oder Tizian an jedem Tag ihres Lebens ein Bild gemalt haben muß, von den Wandgemälden Schiavonis und der vielen an die Decken gemalten Himmeln Tintorettos ganz zu schweigen. An Kunsthändlern jeder Art ist in Venedig sowieso nie Mangel. Aber in der Saison gibt es mehr Einwohner, nämlich die Einwohner und die Kunsthändler, die angereist kommen.

»Na, viel Glück«, sagte Madelin.

»Ich wollte dich schon fragen«, Julia strich ihr jetzt zart über das Haar, »sammelt eigentlich dein Vater?«

»Natürlich«, sagte Madelin, »in seinem Arbeitszimmer, das ein Saal von 30 Metern ist, hängen an den Wänden die Photos jedes einzelnen der Chicagoer Wolkenkratzer und daneben ebenso gerahmt die Bilder der Stellen, auf die man diese Wolkenkratzer gebaut hat. Und was da früher so war. Wildnis, schäbige kleine Farmhäuser. Riesige Urwaldbäume.«

»Also kein Veronese.«

»Wieso, wieso, nein, natürlich nicht!« Madelin war ganz rot.

Julia ging auf die kleine Tür zu, ohne auch nur daran zu denken, Madelin mitzunehmen. Sie machte lieber allein ihre Auftritte. »Ah, Julia«, riefen ihre Gäste, wenn sie eintrat. »Wir unterhalten uns so gut, so ein schönes Fest.«

Madelin steht wieder allein. Das ist gut, allein zu sein. Sie kann, während sie aus dem Fenster schaut, die Augen schließen. Wie sie sich sehnt. Sie ist jetzt drei Monate in Europa. Sie ist schon zwei Wochen in Venedig. Nichts ist geschehen. Was sollte auch geschehen? Mein Gott, wie sie geträumt hat vorher, in Chicago. Wie sie die Eltern angefleht hat. Mit Jack allein bitte, ohne Empfehlung an Bekannte, ohne Schutz und Führung. Und nun?

Ganz allein und ohne Zwang haben Jack und sie genau dieselbe Sorte Leute getroffen wie zu Haus. Oder ist es vielleicht nicht ganz dieselbe Sorte?

Wenn Madelin zu Hause jemand gesagt hätte, Bachmann, der große Bachmann, möchte, daß du in seiner neuen Revue spielst, die Hauptrolle, ein schönes, verstricktes Mädchen mit einem phantastischen Schicksal. Sie hätte es für das größte Glück der Erde gehalten. Aber jetzt hier und so? Wurden einem die Wunder dieser Welt mit denselben Worten angeboten wie eine Tasse Tee, mit denselben beiläufigen Gesten?

Die alte Herzogin erzählte Jack derweil, wie die Beaulieus jetzt angefangen hätten, zu sparen: »Sie haben sich überlegt, bevor sie von Paris nach dem

Süden zogen, wie man das macht, sparen. Da ist ihnen nach tagelangem Nachdenken eingefallen, daß fünf Billetts für den train bleu zu teuer seien. Also beschlossen sie, lieber mit dem Auto zu fahren, und den Chauffeur, damit alle Platz haben, zu beurlauben. Tatsächlich kamen sie gut über Avignon nach Nizza. Aber dann auf der mittleren Corniche schmiß der Wagen um, die Koffer mit allen fabelhaften Kleidern und Pelzen der Lydia Beaulieu kollerten über die Felsen hinunter ins Meer, die Achse des Wagens brach, die Karosserie zerschellte. Alle Insassen trugen Verwundungen davon, deren Spuren nur unter kostspieligen chirurgischen Maßnahmen später verschwanden. Die billige Fahrt aus Sparsamkeit hat die Beaulieus Hunderttausende gekostet.«

Jack fand, daß die Herzogin ihm allmählich auf die Nerven ginge. Er stand auf, seine Beine gaben nicht mehr nach, die Unklarheit war verschwunden, der Rausch war fort. Ihm fiel ein Mann auf, der nachlässig am Kamin lehnte und über seine Brillengläser hinweg allen Leuten neugierig und etwas verächtlich ins Gesicht starrte. »Sie sehen sympathisch aus, geben Sie meiner Zigarette Feuer«, sagte Jack. »Gern«, sagte der Mann und zündete bereitwillig ein Streichholz an. »Ich heiße Dr. Müller aus Bonn. Ich bin hier wegen der Kunstgeschichte. Ihr Fräulein Schwester ist bezaubernd.«

Madelin an ihrem Fenster merkte mit einem Male, daß sie nicht mehr allein war. Hinter ihr stand der Mann mit Bart.

»Wie man sich verlieren kann auf den Festen hier in Venedig«, sagte er leise.

»Ich wollte ja gar nicht mit Ihnen tanzen.«

»Ich weiß. Ich heiße Proktor. Woran denken Sie?«

»Sie sprechen unsere Sprache gut.«

»Sagen Sie, woran denken Sie, Madelin? Es ist gut und richtig, mir das zu sagen. Es scheint Ihnen selbst so, nicht wahr? Sie wollen zu mir sprechen als einzigem von allen hier.«

Madelin widersprach nicht. Der Mann Proktor sah nett aus. Sein Gesicht zeigte deutlich, daß er phlegmatisch war, ruhig bis zum Äußersten. Das war gut, das gefiel Madelin gut. »Warum tragen Sie einen Bart?« fragte sie. »Ich werde mich sonst«, antwortete der Mann Proktor lächelnd, »nicht von anderen unterscheiden, die ebenso banal wie ich aussehen. Außerdem finde ich und auch die Frauen, die mich lieben, daß mein Mund hübsch ist und meine Zähne eine angenehme Entdeckung bilden für die, die mich zum Lachen bringen können.«

»Ich dachte eben daran, wie ich gestern Dampfer gefahren bin. Motorboot hier zu fahren ist so ein Unsinn für uns, weil wir zu Haus auf dem Michigan See die schönsten und schnellsten Boote haben.«

»Mir brauchen Sie doch nicht zu erklären, warum Sie hier Dampfer fahren; wenn Sie in Italien sind, wollen Sie doch die Italiener sehen.«

»Der Dampfer war sehr überfüllt. Ich stand ziemlich weit vorne, ganz eng und fest unter den anderen. Als bei San Stae etwas meine Knie berührte, blickte ich hinunter. Da saß eine Frau. Meine Knie hatten eine Frau berührt, und ich wurde davon aufs Herz geschlagen.«

»Sprechen Sie weiter, liebes kleines Madelin.«

»Diese Frau«, sagte Madelin, und ihr Blick glitt nach innen, als suche sie unter großen Schwierigkeiten nach einer deutlichen Erklärung, »diese Frau hatte Kummer. Aber das war es nicht. Diese Frau muß ihr ganzes Leben lang jeden Augenblick den entsetzlichsten Kummer gespürt haben. Diese Frau war der Kummer selbst.«

»Das kenne ich gut, das begreife ich. In Griechenland wurden die Gesichter, die so ausschließlich eine Empfindung spiegelten, zu Gottgesichtern. Sie sind der Göttin des Kummers begegnet.«

»Lachen Sie nicht!«

Der Mann Proktor lachte nicht.

»Diese Frau war von irgendeinem Alter. Ihr Kopf war sehr klein. Ihre Stirn hatte viele gleichmäßige Falten, die die ganze Breite der Stirn beanspruchten. Die Frau war niedriger als alle, die mit ihr auf der Bank saßen. Ihre Hände hatte sie über einem Korb gefaltet. Sie waren bräunlich und dünn wie die Hände eines Affen.«

»Das ist es«, sagte der Mann Proktor leise und näherte sein Gesicht Madelins. Er hielt ihre Augen fest in seinem ruhigen Blick. »Die Menschen, die Übermenschliches ertragen mußten, bekommen den Ausdruck von Tieren, von denen wir doch annehmen, daß sie von Gefühlen nur von Sekun-

Canal Grande mit Santa Maria della Salute

dendauer beherrscht werden können. Diese Menschen bekommen auch die Unschuld der Tiere wieder. Man hat ihnen etwas angetan. Sie konnten sich nicht wehren.«

»Als ich diese Frau sah, erschrak ich furchtbar. Ich schaute schnell allen den Leuten ins Gesicht, die mit mir da auf dem langen Gang des Dampfers standen. Aber sie fanden wohl nichts Besonderes an der Frau. Sie schauten sie nicht an. Ich wußte nicht, was tun. Ich wollte ihr Geld geben, aber ich wagte es nicht. Sicher wäre es richtig gewesen. Ich weiß schon, fast aller Kummer dieser Welt ist mit Geld zu stillen. Dann geschah etwas, was noch schlimmer war, als alles, was ich erlebt hatte. Bei St. Thomas fing die Frau an zu weinen. Das war gar nicht nötig, das war fast übertrieben. Ihr Ausdruck war schon vorher von Schmerz so gesättigt gewesen, daß Weinen nur noch eine Arabeske sein konnte.

Das Gesicht änderte sich auch nicht. Aus den geöffneten ruhigen Augen in dem Gesicht liefen die Tränen in Falten der Wangen, die wie ihre vorgeschriebenen unabwendlichen Wege waren. Ich konnte nicht hinsehen aus Furcht, mein ungeheures Mitleid aufdringlich zu verraten. An der Salute dann rückte die Frau ihren Korb, stand auf und mit einer unbeschreiblichen Bewegung wies einer ihrer dünnen braunen Affenhände auf ihren Platz. Dann wandte sie mir mit einer kleinen Drehung des kleinen Kopfes ihr ruhiges nasses Gesicht zu. Diese Frau hatte mir ihren Platz zum Sitzen angeboten.«

Madelin war still.

Aus den geöffneten und geschlossenen Türen erschallte laut oder gedämpft das Geräusch des Festes.

»Ich stelle mir vor«, sagte Proktor, »daß Sie sich für diesen Platz bedankt haben, wie Sie in den Salons Ihrer Mama gelernt haben, sich für die schönen Dinge dieser Erde zu bedanken.«

»Ja, so habe ich mich bedankt.« Madelin lächelte einen Moment. Sie sah an der schimmernden Seide ihres Kleides herunter. Hatte ihr der Mann Proktor gefallen? Sie schämte sich plötzlich. Eine ganz zarte Röte erschien auf ihrem bloßen Hals und glitt langsam empor. Proktor nahm ihre beiden Hände: »Ich möchte Sie nachher heimbringen.«

»Ich möchte bald fortgehen«, sagte Madelin, »seitdem ich hier bin, möchte ich gern fortgehen, aber auf irgendeine Weise ist es immer unmöglich. Wir wollen sehen, was Jack treibt.«

Jack stand mit Dr. Müller aus Bonn und unterhielt sich mit ihm über die Lage der Welt. Charlie Hickett stand mit offenem Mund daneben und bewunderte Dr. Müller schrankenlos, so weit er ihn verstand.

»Will man die Welt aus den Angeln heben«, sagte der, »so packt man sie am besten an ihrer schräg gestellten Achse.«

»Das scheint Ihnen leicht«, bemerkte Jack und senkte seine Mundwinkel, »weil Ihrem Land die Welt so klein vorkommt wie sein Einfluß reicht.«

»Unsere Niederlage wurde ein Sieg sogar über Amerikas ökonomische Belange. Von Europa ganz zu schweigen.«

Jack war erstaunt über so viel Selbstbewußtsein. Der Smoking von Dr. Müller war schlecht geschnitten, seine Brille bestand aus einem Blechgestell mit scharfgeschnittenen, leichtgetönten Gläsern.

»Ihre neue Regierung«, begann Jack, als Dr. Müller ihn unterbrach: »... wird so lange neu sein, bis sie selbstverständlich ist. Es kommt Ihnen merkwürdig vor; das macht nichts.«

Dr. Müller war von erlesener Höflichkeit. Er verbeugte sich leicht, als er sagte: »Wir sind natürlich niemandem, auch Amerika nicht, Rechenschaft schuldig. Was geschehen soll, geschieht ohne Angabe von Gründen. Wir halten nicht das zu Belegende für richtig, sondern was gern und mit Schwung getan wird. Sie sehen ja an Frankreich, wohin es führt, wenn man aus Überlegungen Schlüsse zieht.

Regieren ist kein Rechenexempel. Die Summen sind richtig auf dem Papier, aber sie verbiegen an der Realität.«

»Immerhin ist in Frankreich jeder in jedem Moment über die Lage informiert.«

»Es hat wenig Sinn, Aufgaben zu lösen, wenn man am Ende doch auf eine Unbekannte stößt. Besser, beim Beginn gleich mit einem X zu rechnen.«

»Verzeihen Sie bitte«, wagte Charlie Hickett einzuwerfen, »Sie reden da unhaltbare Theorie. Sehen Sie beispielsweise die Statistiken.«

»Statistiken, junger Mann«, sagte Dr. Müller und sah Charlie über seine Brille hinweg an wie ein Lehrer einen Schüler, der nicht folgen kann, »Statistiken sind dazu da, um das Gegenteil von dem, was sie beweisen, möglich zu machen.«

Charlie regte sich auf. Er packte Jack an der Schulter. »Wo kommen wir da hin«, murmelte er.

Dr. Müller gab sich einen Ruck. Er stand mit einem Mal kerzengerade, die Füße eng beieinander. Er riß die Hände aus den Hosentaschen.

Madelin war eingetreten.

»Das hier ist Proktor«, sagte sie. Charlie erschrak. Er bemerkte das Fehlen der Brosche auf Madelins Schulter und er wußte nicht, ob er etwas darüber bemerken durfte.

»Sie sind Argentinier?« fragte Müller.

»Nein«, sagte Proktor, »das Gegenteil. Ich bin Bolivianer und hier in Venedig, um der Revolution in meinem Lande zu entgehen.«

»Das verstehe ich nicht«, bemerkte Madelin, »wie

man als junger Mensch aus seinem Lande fortgehen kann, während es dort Revolutionen gibt.«

»Wir haben einen Präsidenten«, rechtfertigte sich Proktor, »der versucht, die Zustände unseres Landes mit einer Jojo-Schnur zu geißeln.«

»In unseren Zeitungen liest man«, sagte Dr. Müller und sah den lachenden Südamerikaner an, »daß bei diesem Spiel Blut vergossen wird.«

»Ja, leider«, sagte Proktor frech, »wir haben in unserem Heer eine Menge Instruktionsoffiziere, die in Deutschland gelernt haben.«

Madelin wunderte sich. Was war denn geschehen? Proktor, vorher so sanft.

»Unsere Mutter ist eine Deutsche«, sagte sie, und sah dem Dr. Müller mit einem reizenden Lächeln ins Gesicht. Sie faßte Jacks Hand. »Wir lieben Deutschland zärtlich.« Proktor biß sich auf die Lippen. »Wollen wir tanzen?« fragte er leise. »Ja, gern«, sagte Madelin. Wie unterwürfig er war, der Mann Proktor.

»Was ist das für ein Mann, dieser Bolivianer?« fragte Dr. Müller.

»Er hat in Oxford studiert«, sagte Charlie. »Und Gedichte gemacht.«

»Es ist ein Mann, der Geld braucht«, sagte Jack.

»Aber das brauchen doch fast alle«, sagte Dr. Müller schüchtern.

»Darum bemühen sich auch alle so um meine Schwester«, sagte Jack finster.

»Der Name Ihrer Schwester klingt auf Deutsch so, wie man bei uns daheim seine Liebste anspricht.

Mädelein«, sagte Dr. Müller verträumt. Er zog seine goldene Uhr und sagte beiläufig etwas verlegen: »Übrigens, ich brauche kein Geld.«

Proktor tanzte wunderbar Tango. Als er Madelin am Ende losließ, nahm sie einer der vielen Charlie-Freunde in seine Arme und tanzte mit ihr weiter. Er machte ihr weidlich den Hof. Er war gewöhnt, den Hof zu machen, aber wie viele seiner Generation fand er ältere Frauen meist anziehender als junge. Es lohnte sich meistens mehr, einer älteren Frau Komplimente zu machen.

»Sie sehen bezaubernd aus«, sagte der junge Bursche. Madelin lächelte zustimmend. »Wir wollen doch hören, was die da reden«, schlug er nach dem Tanz vor und zog Madelin in eine Ecke des Saales, wo eine ältere Dame beim Exkönig sich beklagte. Sie hatte schwarz gelackte Fingernägel mit sorgfältig silbergelackten Spitzen. Madelin hatte sie schon am Strand gesehen. Jeden Tag waren ihre Nägel verschieden gefärbt. Aber sonst war sie eine ganz angenehme Dame.

»Er war noch so jung«, jammerte sie, »mindestens 8 Jahre hätte er noch gut leben können.« Der Exkönig neigte bedauernd den Kopf und sagte höflich: »Wirklich jammerschade.«

Der Exkönig saß mit der alten Dame, dem Griechen und Julia eigentlich beim Bridge. Aber die alte Dame hatten mitten im Rubber ihre Karten niedergelegt, um zu klagen. »Antigone in Paris hatte mir dazu geraten, es war ja auch wirklich chic. Die Fingernägel hellila oder grün und Susos Schwanz auch. Es sollte ganz unschädlich sein und Suso sah so reizend damit aus. Aber Goldbronze scheint nun doch giftig zu sein. Er leckte seine goldbronzierten Haare und starb. Armer Suso.«

Madelin sah, wie der Exkönig sich mühte, sein Lachen zu verbergen, vor allem, wenn er auf die Hände der alten Dame schaute, die heute stilvollerweise in Trauerfarben gehalten waren.

»Ich hatte«, bemerkte der Grieche und blätterte nachlässig seine Karten, »bis zu meinem 25ten Jahr die Absicht, ewig zu leben, und seit meinem 40ten wünsche ich mir täglich, zu sterben.«

»Das heißt«, sagte Madelin naseweis, »daß Sie sich mit den Tatsachen abgefunden haben. Wenn Sie nun sterben, können Sie leicht behaupten, Sie hätten wohl ewig leben können, wenn Sie Ihre Absicht nicht geändert hätten.«

Der Pianist sah bekümmert auf. Julia sagte entschieden zwei sans atout an, und während sie zerstreut spielte, murmelte sie: »Zu dumm, gerad heute hab ich meinem Sealiham die Pfoten rot lackiert.«

Die Band war nach Hause gegangen. Zurück blieben nur der Mann mit der Trommel und einer mit Ziehharmonika. Die beiden erinnerten sich nun daran, daß sie ja nicht für Jazz geboren waren, und spielten mit viel Gefühl Weisen und Melodien ihres Landes. Zwei der englischen Jungen tanzten dazu miteinander. Gerade und fast steif im Rücken drehten sie sich mit unwahrscheinlicher Geschwindigkeit. Die Musik hatte sie verrückt gemacht. Ihre

Gesichter waren von Ausdruck und Haltung entblößt. Eng aneinander gepreßt, tanzten sie fast wie aus Pflichtgefühl ernsthaft ihren unaufhörlichen Wirbel. In den Spiegeln wiederholte sich ihr Tanz. Der unabwendlich notwendige Tanz zweier Besessener unter den gelben Lichtern der Kerzen.

Ein Diener lief eilig durch die Räume. Er rief laut und gleichmäßig mit derselben kleinen Terz, mit der in Italien die Zeitungen ausgesungen werden: »Signor Zimmermann al telefono.« Jack entschuldigte sich bei Dr. Müller und lief hinter dem rufenden Diener her. Das Telefon stand in Julias Schlafzimmer neben der leeren umgefallenen Kognak-Flasche.

Madame Schmidt, bei der Madelin und Jack wohnten, telefonierte, daß eben ein Eilferngespräch aus Chicago angemeldet worden sei, und daß sie es schon habe umleiten lassen zu Julias Palazzo.

Es ist etwas geschehen, sagte sich Jack. Er hatte ein unangenehmes Gefühl, erst in den Knien und dann in den Flanken. Er mußte sich niedersetzen auf Julias brokatgedecktes venezianisches Lackbett und spürte plötzlich in der drückenden Hitze und dem Geruch von Schlafzimmer einer Frau, fauligem Wasser, Fisch und Salz, wie ihm seine Stirn unter den Haaren naß wurde. Merkwürdig übrigens, wie so etwas funktioniert: Telefon Chicago–Venedig. Mit der Umleitung würde ja höchstwahrscheinlich etwas verpatzt werden, jetzt so spät in der Nacht, wo sicher Anfängerinnen die Anschlüsse herstellten in dem schönen Postpalazzo am Rialto.

Jack saß und wartete. Einmal erschien in der Tür ein junger Mann, der eine rosige junge Dame am Arm hielt. Die beiden hatten wohl erwartet, das Zimmer leer zu finden, und als sie Jack bemerkten, der da auf das Telefon starrte, liefen sie hinaus und warfen die Tür hinter sich zu.

Bachmann sagte zu Dr. Müller: »Ich habe zwar vor, diese Pantomime zu machen mit dieser süßen Madelin Zimmermann als Hauptattraktion, wenn ich dazu kommen sollte. Wenn man mich arbeiten läßt. Ich meine unter den alten günstigen Bedingungen. Ich bin, wie Sie wissen, nicht in Deutschland geboren. Allerdings spricht für mich, daß ich deutsche Namen in alle Welt getragen habe. In Amerika war deutsches Theater führend durch mich, in England von größtem Einfluß.«

»Schmeling«, sagte Dr. Müller bedächtig, »war damals auch eine nette deutsche Propaganda.«

Bachmann war verletzt. Es war unerfindlich, warum er sich rechtfertigen sollte vor einem unbekannten Wissenschaftler, der eine Blechbrille trug, aber er wollte das: Bewunderung ließ ihn meist kühl, aber wurde sie ihm versagt, konnte er rabiat werden: »Ich weiß nicht, was Ihr Spezialfach ist.«

»Ich habe geholfen«, sagte Müller schlicht, »die Zusammensetzung des Vitamins D zu entdecken, wir haben viele Jahre dazu gebraucht.«

»Haben Sie die Empfindung«, fragte Bachmann

aggressiv, »für Ihr Land wichtig zu sein oder notwendig?«

Dr. Müller lächelte. Dann wies er mit der Hand aus dem Fenster, wo hinten die Brücke des Rialto im Schein der bunten Lampen leuchtete.

Der Exkönig lud Madelin zum Frühstück ein. Sie sagte: »Kommen Sie doch lieber zu mir. Ich hab so wenig Zeit und Sie haben so wenig zu tun.«

»Ja«, sagte der König und lachte etwas, »es ist schwer für unsereinen. Aber natürlich komme ich gern zu Ihnen frühstücken. Fragen Sie doch bitte meinen Baron Negri, wann wir frei dafür sind.«

»Warum sagen Sie Ihr Baron Negri? Ich könnte ebenso gut sagen, mein Baron Negri, denn er macht mir den Hof.«

»Bei mir«, sagte der König verdüstert, »macht er auch den Hof. Den ganzen. Ich habe nicht einmal mehr einen Kammerdiener.« Diese Tatsache schien ihn mehr zu bedrücken als die, daß er kein Volk mehr hatte.

»Frühstücken wir doch morgen«, sagte Baron Negri, »morgen mittag um eins bei Campari.«

In diesem Augenblick ertönte das Hupen einiger Motorboote. Man hörte das Rufen der erschreckten Gondolieri, die vor dem Tor in ihren Gondeln geschlafen hatten und das Schnaufen der Motoren. Eine wilde Horde Menschen stürzte in das Haus, erfüllte die Halle, die Treppen, die Salons. Die Frauen hatten zerraufte Haare, die Schminke in ihren Gesichtern war verschmiert und lief herunter; ihre zarten Kleider waren zerdrückt und zer-

Rialto-Brücke

rissen. Die Männer sahen ebenso unordentlich und etwas verlegen aus und liefen rasch hinter den Frauen her. »Hier muß es sein«, hörte man. »Sammelstelle des Lichts am Wasserstreifen, das Haus ist sicher richtig. Und dann – lieblichste Blume Amerikas, das muß ein Mädchen sein.«

Lachend und kreischend liefen sie suchend durch alle Räume. Wo? Wo? Die anwesenden Gäste waren erschrocken und lachten dann gutmütig, als ihnen die Ankömmlinge erklärten: Schatzsuche. Nach Rätselverschen. Der Seifenmann und Millionär Sun hatte den Schatz gestiftet, einen Schmuck. Man war schon vom Lido an unterwegs. Über die Hälfte der Suchenden war schon verloren-

Palazzo Soranzo-van Axel

gegangen, hatte die Spur verfehlt. Das Gedicht mit dem Hinweis auf den Schatz war ziemlich schwer zu verstehen. »Liebliche Locken streicheln den Schatz.« Also unter den Haaren eines Mädchens. Wild und gierig, mit bösen Augen und griffigen Händen durchsuchten die Schatzsucher die Räume.

Julia lachte sehr, als sie sah, wie zerrauft die sonst so gefälligen Haare der Lady Diana waren. »Warum ist es gerade bei mir?« fragte sie. »Geht fort hier, geht wieder fort, denn wenn der Schatz wirklich bei mir in meinem Haus ist, will ich ihn selber haben.«

»Lächerlich«, sagten die Schatzsucher, »Sie haben ja nicht von Anfang an gesucht.« Sie waren keineswegs so höflich und freundlich, wie sich das gehörte, wenn man nachts schatzeswegen in ein fremdes Haus einbricht. Wo ist Amerikas Blume mit Liebeslocken, wo? Her damit, wir wollen ihr etwas entreißen. Her, her! Eine dieser sonst so wohlhabend aussehenden Damen, Madame Cas, hatte zum ersten Mal heut Abend keinen Schmuck angelegt, damit sie besser laufen konnte, und zum ersten Mal sah man also statt auf ihre Steine auf ihr Gesicht. Aber das war gar nicht schön.

Die Schatzsucher rannten durch Julias Schlafzimmer, wo Jack auf dem Bett saß und den Telefonhörer wie etwas Geliebtes an seinen Kopf preßte. Er war totenbleich und sein zitternder Mund sprach beschwörend und wie zu einer Liebsten. Lady Diana hörte, wie er sagte: »Papa, lieber Papa, oh – oh Papa« und fand das so amüsant, daß sie ihm auf die Schulter schlug und ins Gesicht lachte. Jack merkte das gar nicht und Lady Diana hatte weiter keine Zeit. Der Schatz, der Schatz. Im gelben Salon war der Doktor Müller gestellt worden. Umringt von forschenden Gesichtern mit offenen Mündern, die riefen, lachten und verlangten, hielt er seine

Hände hinter sich, um etwas zu verbergen, und bot der Menge die Stirn. Eine finstere, eine gefurchte Stirn, unter der die Augen hinter der Brille gewaltig funkelten. An eine Kredenz gelehnt, stand der Mann Proktor und bog sich vor Lachen. »Wie unmöglich Sie sind«, rief er zu Müller hinüber. »Es ist doch ein Spiel, lassen Sie doch, es tut ihr ja keiner was.«

Der Doktor Müller sah gar nicht zu ihm hin, aber nun hob sich hinter seinen verdeckenden Schultern vor dem Rahmen aus geschnitzten Früchten das erschrockene Gesicht des Mädchens Madelin. »Zarte, liebliche Blume, da ist sie ja endlich, endlich. Wo hat sie's! Hebt ihr die Haare hoch.« Bachmann stand plötzlich hinter den Schreienden und sah, wie das geliebte Mädchen mit einer unbeschreiblich schüchternen Gebärde ihre Hände auf beiden Seiten auf ihre Schultern hob und die glatt hängenden, zartblonden Haare nach hinten hielt. Man sah die entblößten runden Schultern mit den schmalen Bändern, die das Kleid hielten.

»Falsch, falsch geraten«, riefen die Leute. »Wir müssen weiter suchen. Sicher haben wir alles falsch geraten, wir brauchen Zeit zum Überlegen, Zeit zum Denken, zum Raten.«

»Was denn, was ist denn?« fragte Madelin und ließ ihre Haare los. Aus dem Geschrei war kein Wort zu verstehen. Doktor Müller sagte leise: »Es soll ein Spiel sein, kleine Madelin, haben Sie keine Furcht. Die Leute suchen wohl etwas und vermuten, Sie halten es verborgen.«

»Aber ich habe ja nichts«, sagte Madelin beschwörend zu den Leuten, »nichts, gar nichts.«

Dann beugte sie den Kopf und wurde rot. Ihr war die Brosche eingefallen. »Vendramin«, rief sie mit ganz kleiner erschrockener Stimme. Dann reckte sie sich auf die Zehenspitzen und flüsterte Dr. Müller ins Ohr: »Es ist etwas Schreckliches geschehen. Ich hab den Schatz und hab ihn nicht«, und lief im gleichen Augenblick davon zur Dienertreppe. Niemand hatte den Chauffeur gesehen. Madelin lief durch das ganze Haus. Als sie in Julias Schlafzimmer kam, liefen die Tränen schon über ihr Gesicht. Sie sah Jack am Telefon und hörte gerade, wie er sagte: »Aber das ist doch gar nicht möglich, Vati«, und dachte schon im Weiterlaufen, »Aber das ist doch gar nicht möglich, daß er sagt ›Vati‹!?« Sie lief durch die helle Halle in den spärlich bewachsenen Hof und weiter.

Jack hatte unterdessen mit Chicago ein Gespräch, das ihm nicht gefiel.

Als ihm der Name seines Vaters hier in diesem Zimmer ans Ohr klang, hatte er sofort die Vision des Zimmermann Towers. Der stand hell und weiß und gleißend angeleuchtet von seinen Scheinwerfern am Ufer des Sees, wie immer, seitdem Jack denken konnte. Aber plötzlich war es, als teilten die Wellen des Sees ihre Bewegung dem Gebäude mit; es begann leise, aber unaufhörlich zu zittern und dann in langsamem Rhythmus zu schwanken. Während des ganzen langen Gespräches, das Jack hier mit Amerika führte, schwankte der Zimmermann Tower so vor seinen geschlossenen Augen; und am Schuß, als Chicago abhängte, stürzte er mit einem Schrei zusammen. Daß die Kompanie nicht mehr so stand wie früher, wußte Jack schon, als er abreiste. Aber daß es so kommen konnte, hatte er doch nicht geahnt. Es war fast, als habe sein Vater ihn und Madelin mit Absicht gerade in dieser Zeit weggeschickt, damit sie den Zusammenbruch, den er erwartete, nicht erleben sollten. Und nun konnte er es doch nicht allein ertragen, nun mußte er doch den Sohn zu Hilfe rufen, über Meere und Kontinente hinweg. »Ach Jack, ich bin so verzweifelt, was soll ich tun, was und wie soll ich's der Mammi sagen?« Soweit war es eben gekommen, daß die alte Generation, auf die man sich verließ, zu der man manchmal verehrend aufblickte, plötzlich zu taumeln begann und sich auf die Schultern der Jungen stützen wollte.

»Ach, hilf mir doch, Jack.«

»Ja, Vater, ja.«

»Wie wird es denn werden, wenn die Mammi aus ihrem Haus muß und die Angestellten alle auf die Straße, wenn das Licht des Turmes verlöscht, wenn die Mühlen stehen, wenn die Armee der 400 Holzhauer vom Walde zurückkommt, in die schon überfüllte Stadt, wo sie keine Arbeit bekommen, wenn Madelin nicht mehr ihre schönsten Kleider tragen kann –.« So war sie, diese ältere Generation, klagte über alles zusammen und in einem Atem, über hungernde Arbeiter und eitle Mädchen. Aber eben diese Männer hatten es ja fertig gebracht, die gigantischen Türme der Arbeit zu errichten. »Mach dir doch keine Sorgen um uns, Papa. Wir werden eben arbeiten. Und uns einschränken. Du solltest nicht so teure Telefongespräche führen.« Das sagte er einem Mann, dem es noch vor kurzem ein Leichtes gewesen wäre, im Handumdrehen eine Spezialleitung legen zu lassen, die von Zimmermann Tower direkt zu dem Palazzo der Julia in Venedig führte.

»Wir werden zurückkommen, sofort. Kabinenklasse. Es macht nichts. Gar nichts. Wirklich.« Machte es wirklich nichts, Jack? Kein schönes Auto mehr, kein Flugzeug, keine Poloponnys, kein Haus zum Fischen am Spring River, keine Saphire für die Frau, die er lieben würde. Arbeit am Tage, Kino manchmal am Abend, ein ganzes Leben lang, eingereiht in die unübersehbare Armee der kleinen Leute. Denn nie, das wußte er genau, nie würde er, Jack, den Kopf erheben können aus eigener Kraft. Nie würde er schaffen können, gründen können, nie würde ein Turm der Arbeit zeugen von ihm, Jack Zimmermann, dem Mann mit müdem Blut, dem Mann der dritten Generation. – Ach, machte es wirklich nichts?

»Ach, laß nur, Vati, ich helf' mir schon selbst, mach dir keine Sorgen.«

Ach, er konnte sich selbst helfen. Weit würde er es bringen, zu einem Bett und zu drei Mahlzeiten am Tag, wenn alles gut ging.

»In acht Tagen können wir dort sein, Papa. Vielleicht ist doch noch etwas zu retten.« Und er sah sich, Jack Zimmermann, wie er mit seinen Händen versuchte, den schwankenden Turm zu stützen, zu halten. Und er sah, wie ihm das nicht gelang. Und er hörte den Schrei, den der Turm schrie, als er stürzte und zusammenbrach.

Madelin spürte, während sie ging, ein ganz leises Rauschen über sich, wie von Vogelschwingen. Es war der zarteste Wind, der zwischen den nahen Häusern einherstrich und vom ruhig glatten Meer mit salzigem Duft berichtete. Kein Licht war in den Fenstern der Häuser, nur der schmale Mond half ihr, den Weg zu finden. Das war nicht leicht, sie wußte nur, daß der Palazzo Vendramin hinter der großen S-Biegung des Kanals auf der anderen Seite lag, aber die Gassen waren winkelig, verzwickt und voller Geheimnisse. Es gab schon noch hin und wieder Leute, aber sie zu fragen, war nicht möglich, so lange das Herz so schnell im Halse schlug. Rasch lief sie an ihnen vorbei. Hier in dieser Richtung zu laufen, war völlig sinnlos, fiel ihr ein, als sie an den freien Kai des Salzzollhauses kam, der sich in die Lagune zwischen den Kanal der Giudecca hinausschiebt. Hier war ja über die Breite des Wassers keine Brücke; und Geld, um einen nächtlichen Traghettomann anzurufen, hatte sie nicht. Also zurück. Auf den Stufen von Santa Maria della Salute lag zusammengekrümmt eine Gestalt. Madelin hörte im Vorbeilaufen leises Wimmern. Sie blieb stehen, beugte sich und sah im blassen Licht in das nach oben gedrehte, schlafende Gesicht eines Jungen. Das Wimmern kam wohl von einem trau-

Santa Maria della Salute

rigen Traum. Der Schlaf des Jungen war dünn und leicht. Augenblicklich schreckte er auf. »Was wollen Sie«, fragte er mißtrauisch auf deutsch.

»Ich wollte Sie nicht wecken, Verzeihung, aber ich glaube, es ist nicht gut, hier zu schlafen.«

Der Junge lachte. Er richtetet sich auf und schob höflich den Rucksack, auf dem er vorher seinen Kopf hatte, Madelin zum Sitzen hin.

»Wenn der Marmor bei der Nacht abkühlt, soll man leicht Rheumatismus bekommen«, sagte Madelin und nahm dankbar den gebotenen Sitz.

»Ich bin so entsetzlich müde; danke.«

»Jungens wie ich werden nicht krank«, sagte der Junge ruhig.

»Ich verstehe nicht, wie man es wagen kann, zu reisen, wenn man gar kein Geld hat.«

Der Junge lachte wieder. »Oh, das macht gar nichts«, sagte er und Madelin wußte nicht, ob er da von Geldmangel sprach oder davon, daß sie etwas nicht verstand.

»Wir reisen alle«, sagte der Junge.

Da erinnerte sich Madelin, daß sie wirklich überall, wo sie gewesen war, schon so einen Jungen gesehen hatte. Und sie sah, wie diese Jungen aufbrachen von ihrem Land, blond und kräftig lachend, mit ihren Rucksäcken, ihren Kniehosen, und wie sie dann einzeln, neugierig und staunend und lachend überall auftauchten; vor den Säulen der antiken Tempel, auf den kühnen neuen Brückenbögen, in den geschmückten Gräbern der Ägypter, auf den unendlichen Bändern der Landstraßen Amerikas, im Schnee der allerhöchsten Berge, unter den strotzenden Bäumen des Urwaldes, überall, überall. Denn diese Jungen wollten die Welt sehen, und diese Jungen wollten nicht glauben, daß sie ihnen nicht gehöre.

»Einer meiner Kameraden war schon in Peru«, sagte der Junge.

»Mein Vater ging, als er jung war, zu Fuß von Hamburg nach Genf, um Uhrmacher zu lernen. Mein Großvater ging von Fallingbostel nach Genf aus dem gleichen Grunde. Und das muß wohl noch weiter gewesen sein. Denn als er wiederkam, war er fünfzehn Jahre fortgewesen, und er hatte eine Frau bei sich und sieben Kinder auf einem Karren. Und die Frau hatte er sich aus Straßburg mitgebracht.«

»Sind Sie auch Uhrmacher?« fragte Madelin.

»Nein«, sagte der Junge, »Flieger. Oder vielmehr, ich werde es einmal. Ich habe schon mitgeholfen zu bauen und zu schleppen auf der Rhön, aber da konnte ich nicht bleiben. Ich mußte weiter.«

»Wohin werden Sie von hier aus gehen?« fragte Madelin.

Der Junge schaute weg und bewegte unruhig die Hände. »Ich bin noch nicht ganz entschlossen«, sagte er. »Entweder rechts nach Spanien oder links rüber nach Afrika«. Und er lachte ein Lachen von ganz verrückter Frechheit. Da begann Madelin selbst zu zweifeln, ob es nicht stimme, wenn diese Jungen annahmen, daß ihnen die Welt gehöre. »Ich muß weiter«, sagte sie dann und ihr fiel ein, daß sie noch allerhand zu erledigen hatte in der Zeit, die ihr noch von der Nacht blieb. Der Junge schob den Rucksack wieder unter den Kopf, schloß die Augen und sagte: »Gute Nacht, Fräulein.«

Als sie weiter ging, fiel Madelin ein, wie höflich es doch von dem Jungen war, sich ausfragen zu las-

Piazza di San Marco

sen, zu antworten und an sie selbst keine Frage zu richten. Und etwas mutlos schon bedauerte sie, ihn nicht gebeten zu haben, ihr bei ihrer Suche zu helfen. Als sie über die Holzbrücke lief, die, noch von früher her, Brücke aus Eisen hieß, und die bald in eine Brücke aus Stein verwandelt werden sollte, sah sie, wie die zackigen Dächer der Häuser am Kanal in einen Himmel ragten, der schon begann, sich mit einem Hauch von zartem Rot zu bedecken, die erste Ahnung der bald aufgehenden Sonne. Drüben lag, noch bis hinauf zu den mächtigen Schornsteinen erhellt, der Palazzo der Julia, aber man konnte keine Musik hören bis hierher und keine Gespräche. Madelin hatte viel Zeit verloren. Sie beschloß, auf die Piazza zu gehen, weil die Möglichkeit bestand, daß sie vielleicht dort den Chauffeur traf, und dann weil sie annahm, daß sie nur von der Piazza den Weg zum Palazzo Vendramin finden könne.

Es brannte noch schwaches Licht in den Kandelabern; und, was Madelin, als sie auf die Bocca di Piazza trat, höchst sonderbar schien, war, daß der Eingang unter den Säulen dicht von Menschen verstopft war. Das gab es sonst nicht so spät in der Nacht oder so früh am Morgen. Hier waren sonst immer nur vereinzelte Leute. Madelin wußte das, weil sie da wohnte und den Hall der vereinzelten Tritte nachts in ihren Träumen gern hatte, wenn sie undeutlich durch den Vorhang des Schlafes drangen. Sonderbar war das. Als Madelin nachher herankam, sah sie, daß diese Leute wie eine Mauer standen, bewegungslos, düster. Alle Arten von Menschen gab es hier. Frauen noch mit dem Tuch der Venezianerin, die man sonst in der Saison kaum noch sieht, Burschen, alte Männer, Bettler und Kinder. Was sie hier wollten, konnte Madelin sich nicht erklären, und als sie jetzt hindurch wollte, auf den Platz, rührten sie sich nicht, standen düsteren Ausdrucks ohne Höflichkeit, bewegungslos. Einige schienen sogar zu drohen, sie zischten böse unverständliche Worte. Madelin war so sehr gewöhnt, bei den Leuten des Volkes hier einen Erfolg zu haben, den sie ihren hellen Haaren dankte, ihrer frohen Miene und ihrer Freude an der Stadt, daß sie nun bis ans Herz erschrak. Was war das nur, was? Plötzlich fühlte sie, wie eine harte Hand ihre nackte Schulter packte.

Jack legte den Telefonhörer auf. »Also auf bald, Sohn«, hatte der Vater gesagt; Jack stand auf und begriff mit rasender Plötzlichkeit, was es eigentlich bedeute, wenn es von einem hieß, er verlor den Boden unter den Füßen. Das Telefongespräch aus Chicago hatte Jack den Boden unter den Füßen weggezogen. Er hing in der Luft, in einer bösen, feindlichen Luft, aus der meilenweit entfernt Musik und Gelächter wie unwirkliches Echo klangen. Er blickte auf die Mauern von Julias Schlafzimmer, als erwarte er, daß auch sie schwankten, bebten und zusammenfielen, wie der Turm seines Vaters in der Vision, und wie er die Welt zusammenfallen fühlte. Sein Nacken war steif und seine Hände naß und kalt. Er sah das Gesicht eines bleichen Jungen in einem der vielen Spiegel. Er drehte sich um und sah denselben fremden Jungen, sein eigenes Gesicht, reflektiert in dem Schein eines Fensters. Er sah das Gesicht eines tief erschrockenen Jungen und wußte nun, daß er zutiefst erschrocken war. Er hörte nochmals seine Stimme – oh, das macht gar nichts, Vati – und er schimpfte ›Lügner‹ in das bleiche Gesicht, ›Lügner‹. Ich kann auf eigenen Füßen stehen, hatte der Lügner gesagt. Oh ja, er stand ganz richtig auf eigenen Füßen, aber die Füße standen auf einem sich drehenden, weichen, nachgiebigen Nichts. Jack versuchte sich zu sammeln, irgendetwas auszudenken, was den Stoß aufhalte konnte, den ihm die Nachricht versetzt hatte. Er wußte jetzt, daß er sie so nie erwartet hatte, daß er tatsächlich nie geahnt hatte, die Zimmermann Kompanie könne zu existieren aufhören. Es war, als habe man einem lebendigen Menschen das Rückgrat weggenommen und ihn gebeten: ›nun lauf‹. Der Junge, mit schmerzendem Nacken, stand gereckt und blickte hinauf. Da oben die Decke des Raumes, ein Himmel Tintorettos mit rosigen Engeln. Das Bild sollte ihm sagen, was Armut sei. Nicht, daß die Risse darin, die verblaßten, abgebröckelten Stellen ihn an Armut erinnert hätten. Nein, das gehörte durchaus zur Glorie des Antiken, vorhanden, um von ruhigen, ausgeruhten Menschen betrachtet zu werden. Aber Engel, Engel sollten doch allerhand wissen, so oft wurden sie befragt. Armut – wo lernt man das? Armut. Wo gibt es in der Welt eine Vorbereitung dafür? Ehe man sie bitter erst am eigenen Leibe, bitter erst an der eigenen erschreckten Seele zu spüren bekam? Armut war eine Wissenschaft, die man zu lehren vermied. Das war, wie diese außerirdischen Dinge, die man zu erfahren vermied, weil die Welt schon allein groß und unbegreiflich war, in den Dimensionen, die einem Jungen zugänglich sind. Armut – das war wie der liebe Gott, wie der Schmerz des Nächsten, wie die Seelen der Toten und die Erhabenheit der Wunder. Dinge, die man wohl glaubte, denen man aber nicht ins Antlitz schaute.

Man hielt einen Ball in der Hand und brachte ihn rasch laufend einem anderen Jungen. Man trat ein Pedal und hob sich in die Luft. Man spürte die atmenden Flanken des Pferdes mit den pressenden Schenkeln.

Madelin war viel zu erschrocken, als daß sie es wagte, sich umzudrehen, um zu sehen, zu was für einem Gesicht die greifende Hand gehörte. Sie stand da und gab sich Mühe, nicht zu zittern, aber ihre Zähne schlugen aufeinander. »Seien Sie doch ruhig, nur Mut, nur Mut«, sagte eine Stimme dicht an ihrem Ohr auf deutsch. Die Hand löste sich und Madelin sah in das Gesicht des deutschen Jungen von den Stufen der Salute.

»Ich bin Ihnen gefolgt«, sagte der Junge, »ich hätte gern weiter geschlafen, aber ich lief hinter Ihnen her, Fräulein.«

»Oh, ich danke vielmals«, sagte sie erleichtert.

»Sie sahen, als Sie davonliefen, etwas zu allein aus.«

Etwas zu allein. Rührend war dieser Junge, war hinter ihr hergegangen, vorsichtig, um sie nicht zu erschrecken, und war nun da, ein guter Schutz.

Vielleicht hatte er gesehen, wie sie auf dem Ponte di Ferro die Arme zu Himmel gehoben und um Beistand gebeten hatte?

»Haben Sie gesehen, wie ich gebetet habe?« fragte sie und lachte etwas verlegen.

»Ja, auf der Brücke, und ich habe schnell die Daumen gekniffen, um Ihre Bitte zu unterstützen.«

»Danke schön«, sagte Madelin.

Sie standen beide jetzt eingekeilt in die Menge und konnten sich nicht rühren. Und obwohl jetzt die beste Gelegenheit dazu war, fragte der Junge mit keinem Wort, was die junge Dame in ihrem schönen Kleid so spät in der Nacht auf den Straßen zu suchen hätte.

»Sind Sie nicht müde? Sie sollten schlafen«, fragte Madelin sehr ängstlich, daß der Junge etwa dieser Anregung folgen könne.

»Unter dem Sternenhimmel schlafen«, antwortete der Junge, »ist wie auf einer Wiese schlafen. Man glaubt zwischen Traum und Wachen, daß man die Sterne aus dem dunklen Dach des Himmels pflücken könne und daran riechen. Sie riechen frisch und golden. Aber als Sie vorbeikamen, Fräulein, da waren die Blumen der Nacht schon blaß und ein hellerer Streifen schwebte den Himmel herauf.«

Wenn ich nun, dachte Madelin, eine wäre, die auf so etwas lachte?

Aber ich lache nicht über blasse Blumen der Nacht, und er muß das wohl wissen.

»Ihr Deutschen«, sagte sie mit einem kleinen Sprung, »seid wohl alle gute Psychologen.«

»Was«, sagte der Junge böse, »ich schere mich nicht im geringsten um Menschen.«

So, da hatte sie es. Nur seltsam, daß er dann hier stand. Die Menschen waren weiter schweigend, nur von den Dächern klang der verzweifelte Gesang der Katzen, die sich liebten.

Dann ging eine Bewegung durch die Menge, so als striche der Wind über Wasser, schwankte ein wenig und war dann wieder still. Und da sahen Madelin und der Junge, warum sie hier nicht weiter konnten. Über die ganze Breite des Platzes, der wie der schönste Saal der Erde von den altmodischen Gaskandelabern gleichmäßig erhellt unter der gestirnten Decke des Himmels lag, bewegte sich eilig ein Trupp von Menschen: Es waren Fremde. Die Männer in ihren knappen Abendanzügen liefen wie erschreckte Krähen, aber die Frauen waren schlimmer. Sie sahen aus wie Furien. Sie sahen aus, als hätte ein Tor der vernichtenden Hölle sie ausgespien, nachdem sie gewaltsam zerstört und gequält worden waren. Sie wären nicht scheußlicher gewesen, wenn sie Besenstiele zwischen den Beinen gehabt hätten. Es lag ein so fürchterlicher Ausdruck von Verlangen und Gier auf ihren Gesichtern, der aufschlußreicher war, als ihre zerfetzten Kleider, die wie zerschossene Fahnen flatterten und als ihre zerrauften Haare. Sie flitzten bald hier, bald dorthin, mit heftigem Geschrei und Gelächter, das erregt, wie Schluchzen, klang. Madelin erklärte dem Jungen, was das alles bedeute, und sie fanden beide, daß die Venezianer Recht hatten, aufgebracht zu sein. Suchte man so Schätze in Venedig, der Stadt, die heilig war um ihrer Schönheit willen? Natürlich, sie leben von den Fremden, aber lebten nicht schließlich die Fremden auch von ihnen? Und war nicht Venedig ein Ziel, ein Ansporn für sie, das ganze Jahr hindurch, und dann, wenn sie es erreicht hatten, eine Freude, ein Gewinn, ein Genuß? Nein, das war es wohl nicht, es war vielleicht nicht so sehr ein Ort, wo man hinging, um anzusehen, sondern vielleicht, um angesehen zu werden. Jedenfalls war diese Stadt wohl nicht genug für sie, nein, sie war nur unvollkommen. Sie hatte Kirchen, nun ja, eine war immer schöner als die andere. Da gab es die der

Blick auf die Jesuitenkirche

Jesuiten auf der linken Seite, mit Wänden, die ganz aus Seide und Brokat waren, tiefgrün und eierschalenweiß. Aber die Seide und der Brokat, über den Türen in schweren Falten gerafft, waren nicht Seide und Brokat, sondern Marmor – mit dünnsten Sägen ausgeschnitten, tiefgrüne Ornamente sorgfältig eingelegt in den matten Glanz des weißen Marmors: Nun, es war wohl nicht schön genug für die Fremden. Aber da gab es Francesco della Vigna, nicht so berühmt wie San Marco und der Dogenpalast, oh nein, auch schwerer zu finden an einer Stelle, wo keine Hotels waren. Aber da konnte man in dem Altar rechts vom Eingang, hinter einem Gitter das Bild dieser Madonna des Negro Ponte sehen, die so wie ein zartes Kind unter ihrer Krone bekümmert und lieblich lächelte. Aber nein, das war wohl nichts. Doch konnte man nicht hingehen, um die Knabenchöre zu hören in San Giovanni e Paolo, vorbei an dem Colleoni, der so mächtig ritt und so weltbekannt war in seinem Stein? Oder vielleicht war die Scuola di San Rocco etwas, zwar keine Kirche, aber doch ein Ort, um sich erbauen zu lassen oder zu belehren. Vielleicht ermüdete es etwas, so viel Bilder desselben Malers zu sehen, aber man konnte sich ja vor eins allein hinstellen, vor das des Jesuskindes im Stall etwa, das in zwei Etagen gemalt war. Unten die Tiere in ihrer heiligen Geruhsamkeit, oben die Krippe der ewigen Mutter. Dort konnte man sich doch hinstellen, man konnte dort anwachsen und schauen, viele Stunden lang. Rot, blau, gelb, das sind die drei Farben. Rot, blau, gelb. Gut, zugegeben, das ist bescheiden, es ist wirklich gering für so viele reiche und verwöhnte Fremde. Aber schließlich, Gott hatte den Malern diese drei Farben gegeben, hier wie überall, und nun sieh zu, was sie damit gemacht hatten. Sie hatten sie abgemessen und gemischt, rot, blau, gelb, sie haben Menschen damit geschaffen und Erregungen, sie haben sie ausgeschickt, um miteinander zu kämpfen, rot, gelb, blau, sie sind gegeneinander aufgestanden und haben sich behauptet, sie haben sich sanft versöhnt und verbunden, sie wurden dramatisch oder beruhigend, sie wurden lieblich oder bös und trotzig, sie wurden fließend wie Musik oder plötzlich und einmalig wie

Kirche SS. Giovanni e Paolo
mit dem Reiterdenkmal des Colleoni

ein Stoß. Ach, die Venezianer wußten das gut, sie hatten ihre Augen, um damit zu schauen, sie begriffen oder sie staunten, aber jedenfalls schlossen sie die Augen nicht, wenn etwas damit zu sehen war. Aber das war wohl alles nichts für die Fremden? Natürlich, wenn man tagsüber nicht herumging

Scuola Grande di San Rocco

und schaute, war man nicht müde zur Nacht, und was sollte man tun in solch einer Nacht? Die Kirchen waren zu und verschlossen, die Farben der Bilder schliefen und waren tot und ohne Licht. Aber es gab doch den Mond und die Sterne in der Nacht? Nun, das gab es wohl überall, da auch, wo sie herkamen, in Valparaiso und Quebec, in London und

Konstantinopel, überall, nicht wahr? Also mußte man die leeren Nächte füllen. Man mußte einen Schatz verstecken hinter den Kirchen und Häusern, einen Schatz, der wirklich etwas wert war, den es zu suchen lohnte. Eine kleine Brosche etwa mit zwei farbigen Steinen, den dann die Klügste fand als Preis und Lohn, oder auch die Rascheste oder die Gierigste.

Ach, die Venezianer fanden nicht, daß ihre Nächte so leer waren, daß Venedig, ihre Stadt, nichts zu bieten hatte, wenn es dunkel wurde. Es gab Wasser, die Lagune, die wie eine schwarze Spiegelscheibe lag, und die Kanäle, die sich wie glänzende Bänder um die Häuser schmiegten, um das Licht des Mondes zu empfangen, wie eine Liebkosung, es zu wiegen und tausendfach zu machen. Dieser Mond war doch anders als in Valparaiso und Paris, sein blasses Licht schälte die Umrisse der Schönheit aus dem dunklen Sammet der Nacht, die Häuser wurden Ornamente, ihre Nutzbarkeit verlor an Bedeutung, sie wurden zu Preisliedern, zu hingestellten Loben dieser Stadt. Man konnte das doch anschauen, oder? Nein, man erfand einen neuen Nutzen für sie, man versteckte kleine Zettel unter den Stufen der Kirchen, hinter den Ecken und Winkeln der Häuser, kleine Verse, die, wenn man sie richtig lesen und deuten konnte, den Weg wiesen zu dem wahren Schatz dieser Welt.

»Mir tut das Herz weh«, sagte Madelin.

»Das ist ja kein richtiger Protest«, sagte der Junge. »Nur, daß die Leute hier stehen, schweigen und mißbilligen. Vielleicht sollten sie sich erheben und schlagen zur Verteidigung ihrer Stadt.«

»Aber die Stadt wird ja nicht angegriffen«, sagte Madelin. »Sie wird ja nur übersehen.«

»Diese Leute«, sagte nun der Junge, »in ihren zerfetzten teuren Kleidern, sind so sehr zu bedauern.«

Das Hemd des Jungen, bemerkte Madelin, war auch zerfetzt, und es fehlten Knöpfe, aber das war kein Schimpf für die Stadt Venedig. Es zeigte nur, wie sehr der Junge sich bemüht hatte, nahe an die Stadt des Wunderbaren heranzukommen.

»Sie tun mir leid«, sagte er. »Sie sind sehr zart in ihrer eigenen, nicht angenehmen Weise. Stell dir vor –« Madelin wandte den Kopf, er sagte mit einem Male du zu ihr, wie zu einem Kameraden. »Stelle dir vor, man nähme ihnen ihre Hotels, ihr Geld, ihre Zeitschriften, in denen sie in ihren neuen Kleidern abgebildet werden, sie wären dann wie Fische auf trockenem Sand.«

Die wilde tobende Horde der Schatzsucher war hinter der Kirche des Heiligen Marcus verschwunden. Einer nach dem anderen, mit kleinen Schreien, waren sie dem nächsten Ziele zugelaufen, sie wußten ja nicht, wie viele ihnen schon voraus waren, und Julias Palazzo – Quelle des Lichts – gefunden hatten. Aber sie wußten auch nicht, und das gab Madelin einen kleinen Schauder, daß es schon keinen Schatz mehr gab in der Quelle des Lichts, daß der Schatz fort war, daß er zwischen den ölbefleckten Fingern eines Bootschauffeurs zerronnen war in nichts.

Die Venezianer, bösen Blicks und unwillig, machten jetzt eine Gasse für Madelin und den Jungen, in der finsteren Erwartung, daß sie wohl den anderen folgen wollten. Nicht, weil ihr Protest jetzt beendet war, aber weil sie schlafen wollten. Madelin und der Junge gingen nun zwar auf die Piazza, aber dann wandten sie sich links zum Uhrturm und zeigten so recht deutlich, daß sie zu den anderen keineswegs gehörten.

»Ich muß jetzt«, sagte Madelin, »den Palazzo Vendramin finden, und ich glaube, das ist sehr schwer in der Nacht.«

Der Junge griff in die Tasche und hatte, als er die Hand herauszog, einen Plan von Venedig darin, alt und zerknittert, aber doch immerhin einen Plan.

Proktor hatte die Tür offen gelassen. Jack sah wie durch einen Nebel Leute, die draußen vorbeigingen und er hörte, als habe er seine Ohren mit Watte verstopft, die Töne der klagenden Ziehharmonika. Die Herzogin kam herein, sie glitzerte vom Schein ihrer gierigen Augen und ihrer Diamanten, aber sie ging gleich wieder hinaus, weil Jack durch sie hindurch gesehen hatte, wie durch Glas. Und Jack dachte an die Armut. Die Herzogin, von dem Anblick erschrocken wie ein Huhn vom Regen, rauschte durch die Säle und sagte: »Oh, wie sieht der junge Deutsch-Amerikanische Mann aus, nein, wie sieht er aus, als habe er Gift geschluckt.«

»Das hat er tatsächlich«, sagte Proktor mit gesenkten Mundwinkeln, »er hat die Hölle geschluckt. Sein Vater hat alles Gold, das er besaß, verloren. Nun sitzt er mit dieser niedlichen, aber doch recht unfähigen Schwester da, und hat nun keinen Pfennig mehr.«

Was hat Proktor nur, dachte Dr. Müller, der ihn gehört hatte; und alle Frauen dachten, aha, vorhin, als sie noch reich war, war Madelin der Stern und die Schönheit, und jetzt? Niedlich und unfähig. Wahrhaftig! Dr. Müller begriff dann den Proktor. Was für ein Mann, dachte er. Und der Ekel stieg ihm in die Kehle. Da geht so jemand da hin und macht dem Geld den Hof, und weil das Geld an dieser Süßen, Anmutigen hängt, so verliert er sein Herz dabei. Wahrhaftig, jetzt hängt sein Herz an dem Mädchen, das Geld ist fort, nun wird er bitter und schäumt, nun haßt er das Mädchen, das nun nichts mehr für ihn hat, nun soll sie es ihm büßen, daß er sein Herz verlor. Und der Dr. Müller begann diesen Mann Proktor im Auge zu behalten, und das war ein Glück für das Mädchen Madelin.

Jack aber dachte an die Armut und daß er davon nichts wisse. Manchmal hatte sie an die Pforte seines Herzens geklopft und gerufen, laß mich herein, sieh mich an. Aber er hatte sein Herz verschlossen behalten und seine Augen zugemacht und noch die Fäuste davor gepreßt. Er hatte den Atem angehalten, um die Armut auch nicht im Geruch zu spüren. Wenn er Schmutz sah, hatte er nur Ekel und kein Mitleid, wenn sich ihm Hände entgegenstreckten, so legte er etwas hinein, nur damit sie sich schlossen und ihn nicht bedrängten. Nicht, weil er mitleidig war. Nicht, weil er sich vorstellen konnte oder wollte, wie es ist, Hunger zu haben und nichts, ihn zu stillen, Müdigkeit zu leiden und sich nicht ausruhen zu können, schmutzig zu sein und sich nicht reinigen zu können. Er wußte das wohl alles schon früher, aber es war, als erfahre er das alles erst jetzt, ganz neu, jetzt, wo das Schicksal der armen Leute das seinige werden würde. Er betrachtete seine Hände. Sie waren sonnenverbrannt und kräftig, die Nägel glänzten, ordentliche Ovale, gut verschnitten, die Haut war glatt und straff gespannt, die Finger biegsam und rasch. Und er sah, wie sie werden würden, mit zerfetzter Haut, die trocken und rissig sein würde mit dunklen Adern. Hart und schwer beweglich. Und er bekam Mitleid mit seinen Händen. Aber schließlich, Armut und Arbeit hieß ja nicht gleich Kohlen schippen. Oder? Auch wenn er etwas anderes tat, in einem Büro etwas schrieb oder rechnete, ach, mein Gott, er konnte das ja alles gar nicht, was da verlangt wurde, so mußte er doch die Stube fegen, wenn er heimkam, Feuer anzünden, seinen Anzug selbst bürsten und weghängen, sein Essen kochen. Dies schien ihm das Schlimmste: daß man nicht nur sich selbst, daß man alle Dinge um sich herum rein halten mußte, jeden Morgen neu, immer dieselbe Arbeit, immer, immer, jeden Tag, hoffnungslos. Und so ein Sonntag, das war das Allerärmste, schien ihm. Wenn man unendlich müde war, und doch nicht schlafen wollte, aus Angst, die einzige Zeit zu versäumen, wo man dem Leben näher kommen konnte und den schönen Dingen. Ob man überhaupt hingehen konnte und sich die Bilder in den Museen anschauen, wenn man vorher die Stube aufgewaschen hatte und die Schuhe geputzt. Und wie vor allem würde es mit Mädchen sein? Er, Jack, war ja sicher noch nie so verliebt gewesen, daß ihm etwas weh getan hätte. Aber er hat ja immer genau gewußt, daß keine abgelehnt hätte, Mrs. Zimmermann jun. zu werden. Mrs. jun. zu werden, hatte bisher bedeutet, einen netten, einfachen jungen Mann zu heiraten und gleichzeitig tausend Dinge zu bekommen: Autos, Häuser und Menschen zum Helfen, und einen Turm voll Arbeit. Jetzt war er nur noch ein einfacher Mann, nichts zeichnete ihn aus vor anderen Männern; höchstens, daß er einmal ein Rückgrat gehabt hatte, das nun zerbrochen war. Aber eine Ehe ist ja nur auf Zukünftiges gerichtet, Vergangenes spielt da keine Rolle. Den jungen Herrn Zimmermann packte mit einem Mal die Wut. Wütend schüttelte er die Fäuste hinüber zu den erleuchteten Fenstern der Säle über den Hof hinweg. Sie alle hatten keine Sorgen, nur er, warum gerade er? Es fiel ihm nicht ein, daß er sich irren konnte. Daß Julia wahrscheinlich große Opfer bringen mußte für so eine Gesellschaft, Opfer, die sie allerdings hoffte durch den Verkauf von Bildern hereinzubekommen. Und von den anderen wußte er ja schließlich nichts. Wovon lebte zum Beispiel ein Proktor oder so ein Dr. Müller aus Deutschland? Was wußte denn er, Jack, was für Anstrengungen es viele Leute kostete, hier zu sein, dabei zu sein, Jack sah das alles nicht in seiner blinden Wut, aber etwas anderes sah er mit plötzlicher Schärfe; nämlich, daß die Armut vielleicht nicht unabwendbar war, daß da vielleicht noch ein Ausweg war, eine Hintertür, durch die man entschlüpfen konnte. Es wäre wahrscheinlich besser gewesen, er hätte derartiges nicht gedacht, er hätte nicht versucht, diese Hintertür zu benutzen, weil sie schmierig und entsetzlich war, sicher schlimmer als Armut. Aber als er es dann schließlich tat, blieb ihm für Reue keine Zeit.

Madelin hatte den Kopf über die Karte gebeugt und sah, daß sie, wenn sie den richtigen Weg tatsächlich finden würden, den ganzen S-Bogen des Kanals abschneiden konnten. Bis zu dem Platz führten die engen Gassen dunkel, in verwirrender Menge, nach den sieben Zentren der Stadt. Sogar der Junge wurde sich nicht klar darüber, welche er wählen sollte. Hin und wieder drang ein Ruf zu ihnen vom Kanal, wo die späten Gondeln noch glitten, aber hier in den Straßen war kein Mensch, den sie hätten fragen können. Das Café der Engel hatte noch die Türen offen, zwar kaum noch Licht, sie traten ein. Der Mann an der Bar, vor sich einen Haufen schmutziger Gläser, die er wohl reinspülen sollte, spielte verschlafen mit einer Katze und ihren drei Jungen. Die Katze fauchte böse, als sie eintraten, aber Madelin war doch mutig genug, ihre paar italienischen Sätze zu sagen, um zu fragen, wie sie zum Palazzo Vendramin gelangen könnten. Der Mann war sehr freundlich und hilfsbereit, und während er weiter mit der Katze spielte, versprach er mit vielen Worten und Versicherungen, daß er sie hinführen wolle. Er sei der richtige Mann dafür, denn eine Freundin seiner Patin wohne da in der Nähe, also kannte er den Weg, es sei zwar nicht wirklich, aber doch fast dasselbe Quartier, und was täte er nicht lieber, als den Fremden mit seinen Ortskenntnissen zu dienen. Nichts täte er lieber. Allerdings müsse er, ehe er hier fortkomme, zuerst hier diese Gläser zu Ende waschen. Er machte sich aber nicht im geringsten an die Arbeit, sondern begann mit Hilfe eines Soldo den drei Kätzchen eine Art Katzengold beizubringen, das sie nun alle miteinander mit großer Inbrunst spielten. Madelin wurde ungeduldig. Sie ergriff eine Schürze, die über dem Stuhl hing, zog sie an und begann nun selbst geschickt und rasch die Gläser zu waschen. Und wie sie so dastand, mit der Schürze über der gelben Seide ihres schönen Kleides, mit vom Wasser geröteten Händen und vom Eifer gerötetem Gesicht, gefiel sie dem deutschen Jungen ganz besonders gut. Er nahm das Gläsertuch und trocknete die Gläser ab. »Sie machen das ganz falsch«, sagte der Katzenspieler. Er legte die Katzen in ein Nest, das er ihnen aus Servietten herrichtete, ergriff ein Glas und begann es nach allen Regeln der Kunst zu polieren, während er seine Tätigkeit gleichzeitig erklärte. Er hielt das Glas gegen das Licht, behauchte es, rieb es, und erzählte unter anderem, wie er zwei Sommer lang bei der Contessa Mirnimi zweiter Diener gewesen sei und wie die Contessa, als einmal der Deutsche Kaiser, der ein ganz großer Herr war, zu ihr zu Besuch kam, eine ganze Menge Gläser einfach zerschlagen hatte, weil sie ihr nicht klar genug geschienen hätten: »So ein große Dame ist die Contessa«, sagte der Barmann, stellte sein Glas vorsichtig hin und betrachtete es liebevoll und stolz. Dann holte er jede Katze einzeln aus dem Nest heraus und ließ sie das Glas betrachten. »Habt ihr schon je so etwas gesehen«, fragte er die Katzen stolz. »Es ist so klar, daß man glauben könnte, es sei überhaupt kein Glas da.« »Miau«, sagten die Katzen.

Mittlerweile waren Madelin und der Junge mit ihrer Arbeit fertig, die Katzen wurden unter den Bartisch gestellt, das Licht wurde verlöscht, sie gingen hinaus und der Barmann verschloß die Tür. »Damit nichts gestohlen wird«, erklärte er seine Handlung. Dann führte er mit sicherem Schritt die beiden auf den Weg, der winklig und dunkel war, eine Gasse mit vielen Windungen und vielen kleinen Stufen, die über Brücken führten. Bei den Santi Apostoli dann allerdings verließ der Barmann die beiden. Er habe, sagte er, hier herum zu tun, was um diese Stunde wenig wahrscheinlich klang. Aber er versicherte, es sei so; die Base einer Patin, nicht derselben, von der er vorhin gesprochen habe, beileibe nicht, eine andere, die bei der Annunziata wohne, habe ihn zu so später Stunde noch bestellt, um geschäftliche Transaktionen wichtiger Art mit ihm zu bereden. Warum er nicht einfach zugab, daß seine Frau auf ihn warte, verstanden die Fremden nicht. Aber vielleicht war seine die richtige Haltung für den Italiener, in diesem Augenblick wäre es unhöflich gewesen, Fremden die Hilfe zu entziehen um so privater Angelegenheit willen wie nach Haus gehen und ins Bett. Jedenfalls waren die beiden etwas unsicher auf dem breiten Korso Vittorio Emanuele, von dem der Barmann gesagt hatte, daß sie ihn zu Ende gehen sollten, aber vorher gehe eine kleine Gasse nach links ab, die man meistens verfehle, und dahinter läge der Palazzo, den sie suchten. Der Korso, sonst sehr die Hauptstraße einer Stadt, lauter Lust und lauten Lebens voll (übrigens sah man selten Fremde, hier war der Stadtteil der Einwohner), lag nun still und völlig verlassen. Madelin hörte auf das Echo ihrer Schritte und wünschte, sie könnte Hundertfältiges hören, und sie wäre nicht so allein mit nur einem schweigsamen deutschen Jungen, oder doch mindestens wünschte sie sich einen anderen Grund, um so in der Nacht herumzuwandern. Ihre Füße in den leichten Tanzsandalen taten weh und brannten. Nirgends waren die Steine so unnachgiebig und hart wie in Venedig. Tatsächlich begann sie nun zu weinen, als der Junge plötzlich sagte: »So, hier geht es herum zum Palazzo Vendramin, hier steht es geschrieben.« Sie gingen weiter und standen dann etwas unschlüssig vor dem riesigen verschlossenen Tor. Links leuchtete blaß eine Marmortafel mit Erinnerungsworten für Richard Wagner, dem Musiker, von dem alle Leute wußten, daß er hier gestorben war, aber wenige, wie er hier vorher

Palazzo Vendramin

gelebt hatte. Der Junge zog an der Klingel, es schallte bedenklich laut und schrill. Madelin hatte Angst, daß sich sämtliche kleinen Fenster der umliegenden Häuser öffnen würden, um Schimpfreden herauszulassen über die Störenfriede. Es geschah nichts dergleichen, sondern das Tor öffnete sich langsam.

»Vielleicht«, sagte der Junge zögernd, »sollten Sie sich doch vorher die Nase pudern«, was Madelin ganz richtig verstand und ihre Tränen abwischte.

Der Hof, in den sie traten, war leer bis auf zwei Katzen, die friedlich auf dem Brunnen in der Mitte schliefen. Dann hörten sie die keifende Stimme einer alten Frau, die ihren häßlichen Greisinnenkopf neben einer Lampe aus dem Fenster lehnte und fragte, was sie wollten. Madelin sagte, daß sie den Chauffeur Vendramin suche, der zum Haus gehöre, aber das hätte sie lieber nicht tun sollen, denn nun ergoß sich ein Regen von bösartigen Worten über sie. Schlimmste Laune hatte diese aufgeweckte Alte, wahrhaftig, daß Madelin tausendmal um Entschuldigung bat, nützte nichts, den Schimpfstrom zu dämmen, die Alte war viel lauter als die Klingel und die schüchterne Stimme der Madelin.

»Nun machs mal halb so, du besonders häßliche alte Schrippe«, begütigte der Junge, sicher, daß sie ihn nicht verstehen konnte. »Bilde dir nur nicht ein, du heulender Dervisch, daß wir nun unverrichteter Sache abziehen, nachdem wir doch durch Nacht und Eis hierher gelatscht sind.«

Madelin lachte über das Eis. Und nun zeigte es sich, daß der Junge ebenso gut schimpfen konnte, obwohl, dem Alter nach, er doch unmöglich so viel Erfahrung und Übung darin haben konnte wie die Hexe. Aber die begriff, nachdem sie sich eine Zeitlang angehört hatte, wie sie widerwärtiges Überbleibsel, schmutzige Schraube und alte Turtelhenne genannt wurde, daß der Junge ein Deutscher war, und das dämpfte ihre Wut erheblich. Denn nun dachte sie, sie könne ihm etwas erzählen, was ihm einige Lire wert sein würde, wie allen seinen Kompatrioten vor ihm.

»Ich bin die letzte in diesem Haus, die den Signor Wagner noch gut gekannt hat. Aber nie, nie«, versicherte sie gramerfüllt, »nie hätte dieser feine Herr gewagt, meinen Schlaf zu stören. Nie, sage ich.«

Dann ging plötzlich in den hohen Fenstern des Hauptstockes das Licht an, nacheinander, wohl in allen Räumen, denn ein Kranz von gelbem Schein umgab nun den Hof. Ein Kopf beugte sich heraus und eine angenehme sanfte Stimme fragte: »Was gibt es?«

Madelin rief hinauf: »Wir suchen Ihren Chauffeur.«

»Ich werde Sie holen«, sagte die angenehme Stimme, »warten Sie.«

Dann ging das schwere Haustor auf, und es erschien, im Schimmer der ewigen Lampe einer riesigen Halle, ein sonderbarer Mann: ohne Alter, mit blonden glatten Haaren, bekleidet mit einem riesigen schwarzen Schlafrock. Er begrüßte Madelin auf besonders reizende Weise, den Jungen mit weniger Freundlichkeit – allerdings ebenso schnell auf deutsch, wie er zu Madelin englisch gesprochen hatte. Vorhin zu der Pförtnersfrau hatte er italienisch geredet und alle drei Sprachen ohne Akzent. Es war nicht festzustellen, was oder wer er war. Madelin zerbrach sich den Kopf, als sie die breit ausladende

Treppe heraufgingen. Wo kam nur so jemand her mit blondem Haar und Prachtschlafrock?

Als sie oben angelangt waren, sagte er: »Mein Chauffeur ist leider noch nicht zurück, er wollte noch irgend etwas erledigen, sagte er mir, aber wenn Sie hier warten wollen – sicher kommt er bald zurück. Ich nehme das deshalb an, weil wir wegen morgen noch nichts besprochen haben. Es ist nämlich mein einziger Mann hier, wissen Sie, putzt, kocht und fährt das Boot.«

Der Junge blickte erstaunt um sich. Ein einziger Mann? Um in die Bibliothek, in der sie jetzt saßen, zu gelangen, waren sie durch drei große Salons gegangen, ein Vorzimmer und eine Halle. Madelin fand das gleich einleuchtend, ihr war sofort ein erstaunlicher Mangel an Kleinzeug in diesen Räumen aufgefallen. Alles hatte die gewaltige Linie, wenige Möbel standen; aber wuchtig und einmalig die Tische; schwungvoll und bequem die Stühle; gut aufgeteilte Wände mit großen dekorativen Bildern, aber nirgends Döschen und Deckchen, Schälchen und Schächtelchen, Väschen, Zierrat und Nutzlosigkeit, was alles in diesen riesigen Räumen sowohl die verspielten Hände einer Frau als auch Mangel an Geschmack verraten hätte. Das war wohl leicht in Ordnung zu halten, vor allem wenn es sich um so eine zweifellos tüchtige Person handelte wie den Chauffeur Vendramin. Ach, nun saß sie hier in diesem Haus, dessen Namen er trug, und wartete auf ihn und hoffte nur sehr, daß er ihre Meinung von ihm nicht enttäuschen würde.

Speisesaal des Palazzo Vendramin

Der Herr im Schlafrock sagte: »Sie sind Amerikanerin, wie ich sehe nicht aus New York? Ich hab euch recht gern, euch amerikanische Mädchen.«

Madelin wunderte sich, daß sie gar nicht erschrocken war, gleich so intim angeredet zu werden. Es war ihr nur lieb.

»Ich suche nämlich eine Brosche«, versuchte sie zu erklären.

Das Gesicht des Herrn wurde finster und abweisend.

»Ich hoffe doch nicht«, sagte er böse, »daß man jetzt diese ekelhaften Albernheiten auch auf dieses ruhige Viertel ausdehnt. Die Excelsioren –«, er nannte die Leute nach dem Hotel, in dem die meisten von ihnen wohnten, und Madelin fand das ganz lustig, – »die Excelsioren haben sich bis jetzt, dem Himmel sei Dank, auf den oberen Teil des Kanals beschränkt.«

Der junge Mann, der immer noch stand – er hatte keinen Stuhl angeboten bekommen – sagte nun bestimmt: »Die Dame ist keine Excelsiore.«

»Warum sucht sie dann hier Schmuck?« fragte der Herr und der Junge mußte antworten, daß er keine Ahnung und keinen Schimmer habe; aber er fügte angriffslustig hinzu: »Was sie tut, ist richtig.«

»Na, da haben Sie aber einen Ritter«, sagte der Herr im Schlafrock lachend. »Da ist ein Sessel, Herr Ritter.«

»Ich heiße Albert, danke«, sagte der Junge.

»Erzählen Sie mir alles von Anfang an«, forderte der Herr Madelin auf. Und Madelin erzählte alles ganz genau von Anfang an. Wie sie hergereist sei, wie sie Julia kennenlernte, wie sie dort gewesen sei, um zu tanzen, und wie sie auf der Schulter eine Brosche gefunden habe. Wie sie das nicht habe erklären können, aber unbequem gefunden habe und wie der Chauffeur ihr wie ein Retter erschienen sei, und wie sie ihm das Schmuckstück gegeben habe. Und wie dann, als die Schatzsucher ankamen, ihr plötzlich klar geworden sei, was sie getan habe, und wie sie wünschte, sie hätte das nicht getan. Und wie sie hergegangen sei –.

Der Herr hörte sehr ernsten Gesichtes zu.

»Es ist mir gar nicht lieb«, bemerkte er dann, »aber ich glaube, ich muß Ihnen raten, telegrafieren

Hotel Excelsior

Sie gleich vom Rialto aus an Ihren Vater, damit er Ihnen eine Summe schickt, die ungefähr den Wert der Brosche darstellt.«

»Ist der Chauffeur denn schlecht?« fragte das erschrockene Mädchen.

»Noch schlimmer, fürchte ich«, sagte der Herr, »wenn Piero, so heißt mein Chauffeur, selbst auch ehrlich ist, was man in solcher Sache gar nicht voraussehen kann, so sind vielleicht seine Kameraden, mit denen er trinkt, nicht ehrlich. Und daß er schweigt über seinen merkwürdigen Besitz, ist kaum glaublich, es ist doch eine zu schöne Geschichte zum Erzählen. Eine zauberhafte Fremde gibt ihm ein Schmuckstück von Wert und sagt, er könne damit machen, was er wolle. Sowas gibt's nur einmal im Leben, das müssen alle erfahren. –

Na kommen Sie, ich zeig Ihnen, derweil wir warten, das Haus, das wird Sie ablenken und trösten.

»Ach bitte«, sagte der Junge, »wenn es Ihnen nichts ausmacht, Herr ... äh, können wir vielleicht die Wohnung sehn, in der Wagner gestorben ist.«

Der Herr lachte. »Natürlich«, sagte er, »diesen Wunsch hätte ich übrigens eher von Ihnen erwartet, Fräulein ... äh.«

»Madelin Zimmermann«, sagte Madelin, und »ich möchte es auch so gerne sehen.«

»Da ist nur wenig zu zeigen«, sagte der Herr und ging mit ihnen eine Treppe hinunter, durch die große Halle und wieder eine Treppe hinauf.

»Es ist nur diese winzige Mezzaninwohnung. Die Vorstellung, er habe den ganzen gewaltigen Palazzo allein bewohnt, kommt wahrscheinlich von der Gewaltigkeit seiner Opern. Aber wie Sie sehen«, er öffnete eine niedrige Tür, »kann man große Werke auch in kleinen Zimmern schreiben.«

Das Zimmer war fast leer. »Man hat alle Sachen herausgenommen«, erklärte der Herr.

»Das ist schade für jemanden, der nicht genug Einbildungskraft hat, eine Atmosphäre zu spüren, ohne die Gegenstände zu sehen, die dazugehört haben. Hier, zum Beispiel, an dieser Wand stand das Sofa. Man hat es jetzt nach Bayreuth gebracht. Hier hat er viel gesessen, und es wird berichtet, daß er auf diesem Sofa gestorben sei, während ihn Cosima tröstend umarmt hielt. Ich finde es hübsch, zu glauben, daß alle Welt für ihn zum Schluß aus den umfassenden Armen bestand, und daß er das leise

Plätschern des Kanals hörte als einziges Requiem am Ende seines Lebens. Immerhin denk ich mir, daß viele Leute vorziehen würden, wenn man berichten könnte, daß sein Sterbezimmer ein Renaissancesaal sei mit Säulen wie Walhalla, und daß er bis zum letzten Atemzug Noten schrieb, die sein Ohr mit brausendem Klang erfüllten. Übrigens, wahrscheinlich sollte es den Dichtern eher als der Erinnerung an die Wirklichkeit erlaubt sein, das Ende eines großen Mannes zu beschreiben. Einer, der hier drüben hinter San Stae wohnte, hat es so beschrieben, daß der Tod des Meisters unendlich groß wurde im Widerhall des Schmerzes, den ein andrer Meister, Verdi, um ihn empfand. – Nun, vielleicht langweilt Sie alles das, was ich sage. Aber sehen Sie: ich bin Deutscher, mich geht das alles sehr nah an. Viele von uns sind ja nur in der Sehnsucht fähig, wirklich zu empfinden. Darum wohnen wir oft in der Fremde, um die Heimat noch besser lieben zu können.«

Der Junge stand mit gefalteten Händen vor der leeren Wand und stellte sich ein Sofa vor und einen alten Mann darauf und eine alte Frau.

Der Kopf des alten Mannes war schön und ehrwürdig und unendlich ruhig, erhaben ruhig, aber das Gesicht der alten Frau war leer und hilflos vor Kummer. Und dem Jungen tat die alte Frau leid. Das Licht in der an einer Schnur baumelnden Birne flackerte. Madelin stand am Fenster, sah auf das dunkel schimmernde Wasser und dachte, daß es nirgends trauriger sein müsse zu sterben als hier in

Venedig. Und daß es kein Trost sei, in den Himmel zu kommen, wenn man, um ihn zu erreichen, diese Stadt verlassen müsse. Der Herr aber dachte derweil, wie hübsch es doch sei, so reizende junge Mädchen mitten in der Nacht zu treffen und wie überflüssig dabei doch die Anwesenheit dieses jungen Burschen sei. Wie gerne hätte er ihr mehr von Richard Wagner erzählt, wenn sie nur allein wäre. Er könnte dann von der Einsamkeit der Künstler im allgemeinen sprechen, und von seiner im besonderen, und noch von anderen und netten Dingen.

»Wie heißen Sie doch?« fragte er ziemlich unfreundlich den Jungen.

»Ich heiße Albert«, sagte der Junge. Kurz und gut, er heißt Albert. Vor- oder Zuname, konnte man ja raten, und auch in welcher zweifelhaften Beziehung er zu dem Mädchen steht.

»Was machen Sie denn hier, Herr Albert?« fragte er.

»Sight seeing«, antwortete der Junge kurz auf englisch. Und in gleichem Tonfall: »Und Sie selbst?«

Worauf der Herr nicht antwortete. Er zeigte den beiden jetzt die Säle des Palazzos, die sie noch nicht gesehen hatten. »Dies hier«, erklärte er, »ist eine echte alte spanische Ledertapete, zu ihrer Zeit schon auf diese Wand gebracht.«

Aber diese schöne Ledertapete hatte weniger Erfolg als vorher eine nackte Wand, vor der einmal ein Sofa gestanden hatte.

»Wie ist das nun mit Ihrem Chauffeur?« fragte Madelin.

»Wir werden sehen, ob er jetzt da ist«, sagte der Herr. Sie gingen zurück, aber der Chauffeur war noch nicht da.

»Was soll ich nur tun«, wimmerte das Mädchen, »ach bitte, trösten Sie mich doch.«

Der Junge lachte hilflos, der Herr aber sagte: »Gut, ich werde Ihnen nachher etwas erzählen, aber vorher ruf ich Julia an und frag sie etwas, was uns interessieren wird.« Er ging zum Telefon, das, ohne sich zu wundern, neben einer liegenden Wachsfigur des toten Christus aus dem dritten Jahrhundert stand. »Julia, sind Sie da??« hörte Madelin ihn auf italienisch reden. »Ja, ich komme vielleicht noch ... so, wirklich alle? Ich wünsch Ihnen Glück, sonst morgen ... am Lido ...«

Er hing an. »Es steht gut für Sie«, sagte er zu Madelin. »Julia sagte, daß alle den Schatz vergessen haben. Sie gibt ihnen deshalb sehr viel zu trinken, weil sie hofft, der Schatz sei so gut versteckt in ihrem Hause, daß sie ihn nachher allein finden und behalten kann.«

Der Herr lachte: »Wie ich Julia kenne, hat sie schon alle Vorhänge zuziehen lassen, damit niemand merkt, wie nah der neue Tag schon ist. Das tut sie oft, wenn sie hofft, daß sie ein Bild verkaufen kann an jemanden, der immer müder wird und dessen Widerstandskraft gegen Morgen immer mehr nachläßt. Dann gibt sie um sieben Kaffee und Hörnchen: aber bis dahin ist's noch lang, bis dahin werden wir schon den Schatz auftreiben, oder sonst einen Ausweg finden.«

Lido mit Blick auf das Hotel des Bains

Er sprach nicht mehr davon, daß telegrafiert werden sollte.

»Spielen Sie Schach?« fragte er.

»Ein wenig ...«, sagte sie. Tatsächlich hatte sie daheim mit dem Vater recht häufig gespielt. Sie bekam weiß. Der Schachtisch war aus kleinen Spiegelquadraten zusammengesetzt, dunkel und hell; sie konnte, wenn sie sich vorbeugte, das Gesicht des Herrn, mit dem sie spielte, sehen, vielmals und vielmals verkleinert. Sie überlegte lange, wählte dann die spanische Eröffnung. Der Herr reagierte konventionell, wie ihr schien, bis sie plötzlich merkte, daß er sie schon hatte. Noch ein Zug und ihre Dame war futsch. Jetzt nahm sie sich zusammen, das war eine Schande, schon die Dame zu verlieren.

»Ach bitte«, jammerte sie, »ich mag nicht ohne Dame spielen.«

»Opfere doch das Pferd«, schlug der Junge vor.

»Es ist gar nicht nötig, daß sie etwas verliert«, sagte der Herr zurechtweisend. Es ärgerte ihn, daß der Junge recht haben sollte, darum machte er jetzt einen Zug, der seine eigene glänzende Position umwarf.

»Meine Dame ist gerettet«, jubelte Madelin glücklich, »und jetzt frißt sie Ihren weißen Läufer, zur Strafe und zum Danachrichten.«

»Das tun die bösen Damen oft, sie fressen die Netten, die für sie gelaufen sind, und die sich schützend vor sie gestellt haben.« Der Herr blickte schadenfroh den Jungen Albert an.

(Es muß nun wahrscheinlich bekannt werden, was der Herr gerne verschwieg und verheimlichte, was aber sein Äußeres und die weißen Haare zwischen den hellen blonden bei Tageslicht manchmal verrieten: er war alt, recht alt. Er war 60 Jahre alt.)

»Ach ja, die Königinnen«, seufzte er und machte einen ganz ungeschickten Zug, »ach, niemand will sie gern verlieren, und, ach, daß sie nach allen Seiten schlagen können.« Dann nahm er die Hände vom Tisch, schaute in eine Ecke des Hauses und sagte schüchtern und leise: »Verzeihen Sie den banalen Vergleich, aber ich denke so viel an mich und alles was mich angeht, heute bin ich ein schlechter Spieler. Ich wünschte, ich könnte auch erzählen, daß ich ein Schmuckstück verloren habe. Aber wenn ich sagen soll, warum ich traurig bin, so ist es, weil ich einen Menschen verloren habe, eine Frau, eine Liebste.«

»Ist sie kürzlich gestorben?« fragte Madelin mit ihrer sanftesten Stimme.

»Sie ist nicht tot, sie hat mich verlassen«, sagte der Herr und nahm den schützenden Bauern vor seiner Königin fort und hielt ihn in der Hand.

»Oh, wie unrecht von ihr«, sagte Madelin. Sie meinte das ganz ehrlich, so viel Sympathie hatte sie schon für ihre Nachtbekanntschaft.

»Sie hat mich verlassen«, fuhr der Herr fort zu erzählen, und Madelin zog ganz verträumt ihren Turm schräg; aber der Herr merkte es nicht.

»Das fünfte Mal schon. Immer konnte ich sie wieder holen, aber diesmal glaub ich, daß es für immer ist. Oh, ich schäme mich so.«

»Schämen Sie sich doch nicht«, sagte der wie Luft behandelte Junge, »unglücklich verliebt zu sein ist immer noch besser, als gar nicht verliebt zu sein.«

»Das erste Mal lief sie fort mit einem Burschen, der ein Auto hatte. Da gab ich ihr ein Auto und sie kam wieder. Dann wollte sie eine Wohnung, dann ein Boot, immer war einer da, der ihr das, was sie wünschte, bot. Und immer gab ich es ihr dann. Sie wollte reisen. Ich reiste mit ihr. Aber jetzt ist sie weg mit einem jungen Menschen, ich sei zu alt für sie, sagte sie, und das ist ein Grund, den ich mit allem Geld der Welt nicht widerlegen kann.«

»Wahrscheinlich ist sie eine Gans«, sagte der Junge Albert sehr lieb und freundlich im Tonfall. »Sonst wüßte sie, wie gut es für so einen gierigen

Grünschnabel ist, mit Leuten zu sein, die älter und erfahrener sind.«

»Vielleicht hat sie sich in den andern verliebt«, sagte Madelin.

»Nein«, sagte der Herr seufzend, »verlieben? Das kennt sie gar nicht. Sie hat kein Herz, sie ist groß und dünn, sie hat ganz anliegende silberblonde Haare.« Der Herr strich mit den Händen langsam über die Augen. Er sagte: »Ihr Turm steht falsch.«

»Verzeihung«, sagte Madelin und stellte ihn richtig. Da klopfte es an die Tür.

Der Mann Proktor saß in Julias Schlafzimmer am Telefon, ebenso wie Jack vorhin, auf dem Bettrand. Er sprach, fragte dann kurz etwas, wiederholte eine Adresse, sagte: »Ich komme etwa in einer Stunde« und hing ab.

»Sie müssen mir einen großen Gefallen tun«, sagte der Dr. Müller leise zu der Frau Beaulieu, mit der er im Türrahmen stand und sich unterhielt. Oder vielmehr, von der er sich unterhalten ließ, wobei er mit halbem Ohr angespannt auf Proktors Telefonieren lauschte.

Die Frau Beaulieu war sehr von ihm bezaubert, so einer imponierte ihr mächtig, der kam hierher aus seinem Land und tat so, als gehöre ihm hier alles, zum mindesten das, was er besser als die anderen begriff.

»Ich tue Ihnen jeden Gefallen«, sagte sie.

»Danke. Sie dürfen mich nicht nach dem Grund fragen. Sie müssen diesen Herrn Proktor da jetzt eine halbe Stunde beschäftigen. Das beste ist wohl, Sie sprechen mit ihm von Geld.«

Frau Beaulieu, sehr geschmeichelt von dem ihr geschenkten Vertrauen, ging in Julias Schlafzimmer und beschäftigte den Herrn Proktor. Aber sie sprach keinen Augenblick von Geld. Sie begann damit, daß sie sich sehr nah vor ihn hinstellte und ihm versicherte, wie sehr sie sein Land und die Männer seines Landes bewundere. Sie hatte von beiden wenig Ahnung, aber sie machte ihre Sache gut.

Dr. Müller verabschiedete sich nicht. Im Gegenteil, er gab acht, daß niemand bemerkte, wie er sich davonmachte. Erst seit wenigen Tagen in Venedig, wußte er doch schon genau, wie er zu gehen hatte. Eilig lief er, mit kurzem gleichmäßigem Trab, die Schultern etwas hochgezogen, so, als wolle er sein Gesicht verbergen vor den paar grölenden Männern, die noch in den winzigen Weinschänken tranken. Auf den Zattere angekommen, grüßte er die Masten der Schiffe im Hafen, für die er, wie alle seine Landsleute, eine Vorliebe hatte. Da lagen riesige Klötze, Ostindiendampfer; weiter zum Meer zu, mit Lichterketten wie mit Juwelen behangen, der edelschöne Rex, eine Privatjacht mit Dieselmotor und eine andere, die aus einem Fischerboot umgebaut war. Hier wurde an einigen Stellen schon oder noch gearbeitet. Gegenüber fand Dr. Müller mit einiger Mühe das Haus, dessen Adresse Proktor am Telefon wiederholt hatte. Es war deshalb so schwer zu finden, weil es einmal eine Kapelle gewesen war und noch so aussah. Es gab keine Klingel. Müller klopfte mit der Faust an das riesige Portal. Fenster gab es an der Vorderseite keine.

In der großen Tür öffnete sich ein kleineres Viereck einen Spalt breit, eine schmutzige Hand wurde hindurchgeschoben, eine Stimme sagte:

»Fünfhundert.«

Müller zog Scheine aus seiner Tasche, die schmutzige Hand öffnete sich zur Kralle. Aber Müller legte das Geld nicht hinein. Er wartete schweigend so lange, bis eine andere schmutzige Hand die Brosche herausreichte. Er nahm sie, gab das Geld. Jetzt wollten die schmutzigen Hände die Tür zuziehen, aber es gelang ihnen nicht. Der Deutsche hatte seinen Fuß dazwischen gestellt. Er dachte gar nicht daran, jetzt schon fortzugehen. Für ihn war die Angelegenheit hier noch keineswegs zu Ende. Seelenruhig und als habe man ihn eingeladen, näher zu treten, schob er die schwere Tür auf und trat ein. Neben einem Mann, dem die schmutzigen Hände gehörten, stand eine Laterne auf dem Boden. In dem schwachen Licht sah Müller, daß sie in dem Andachtsraum selbst waren. Nur die Bankreihen waren hinausgenommen. Der Saal war riesig, riesig groß und leer. Oder fast leer. Hinten, da wo früher wohl der Altar gewesen war, lagen gestapelte Ballen. Es regte sich da etwas, und einer, der wohl bis jetzt auf den Ballen geschlafen hatte, kam langsam herbei. Er hob die Laterne auf und hielt sie vor Müllers Gesicht.

»Das ist er ja gar nicht«, sagte er wütend.

»Vielleicht«, sagte Herr Schmutzfinger schüchtern, »ist das ein Freund von dem Südamerikaner.«

Müller schwieg; er hielt es für höchst überflüssig, hier zu lügen.

»Gib das Geld«, sagte der Wütende zu Schmutzfinger, und im selben Atemzug: »Möcht wissen, ob er noch mehr davon hat.«

Er war schon völlig davon überzeugt, daß der Fremde kein Wort verstand von dem, was er da sagte. Er hob die Laterne und winkte damit. Da kamen hinter den Lumpenpaketen noch zwei Kerle nach vorn und stellten sich, mit bösem Ausdruck in den finsteren, verschlafenen Gesichtern, zu ihrem Anführer. Jetzt wünschte der Dr. Müller beinahe, er hätte vorhin bestätigt, ein Freund des Südamerikaners zu sein. Er blickte kurz zurück und sah, daß die Tür wieder zu war. Dann betrachtete er ruhig und interessiert die Stuckarbeiten an den Wänden, schmutzig und verfallen zwar, aber schön und lieblich da, wo sie noch deutlich vorhanden waren.

Die Kerle unterhielten sich jetzt. »Warum nimmst du ihm nicht die Brosche wieder weg?«

»Keinen Sinn, die Steine sind für unsereinen zu groß, und dann schließlich hat der Chauffeur doch eine Art Pfandschein von uns.«

»Der Südamerikaner sagte ja, er wollte ihn mitbringen, aber der Idiot hat wieder einmal nur an das Geld gedacht.«

Der Idiot, Herr Schmutzfinger, sagte: »Ich weiß doch gar nicht, was Ihr eigentlich vorhabt, mir wird ja nie etwas mitgeteilt, ich kann ja alles raten.

Ich befolge ja deine Befehle, leider tu ich das, ich würde ja alles viel besser machen, wenn ich selbst befehlen könnte.«

Jedenfalls bekam er nichts von dem Geld, der wütende Anführer verteilte es gerecht, drei Scheine behielt er selbst, die beiden anderen gab er den Lumpenschläfern. Jetzt sagte der Schmutzfinger, das sei ja die Höhe und nun wolle er sich schadlos halten. Der Fremde habe ja sicher noch mehr Geld.

Er teilte die Meinung aller Venezianer, nämlich, daß jeder einzelne Fremde ungezählte Millionen besäße, und daß nur ihr übler, schmutziger Geiz, den die Madonna strafen möge, sie daran hindere, ihr gesamtes Hab und Gut den armen Einwohnern zukommen zu lassen.

Dr. Müller, wie in Zerstreutheit, zog jetzt noch einmal seine Brieftasche, ein groß und solid gearbeitetes Stück, dick und voll aus derbem Leder. Seine Bewegung wurde keineswegs übersehen, oh nein, das Quartett, wenn auch halb abgewendet, blickte aus den Augenwinkeln, aufs höchste interessiert.

Also spielte Dr. Müller, gutmütig wie er nun einmal war, etwas Theater, um ihnen etwas zu sehen zu geben. Er zog einen Bogen Papier heraus. Er bewegte die Lippen und er krauste die Stirn. Dann zog er den Bleistift und schrieb. Zahlen ... Der Anführer reckte den Hals. Was rechnete der fremde Millionär?

Der Fremde zog mehr Papier heraus, Zettel und wieder Zettel, Theaterprogramme und Einladungskarten, Zeitungsausschnitte und Briefe und ganz zum Schluß wieder, als das Quartett dachte, jetzt endlich die Tausendlirescheine – noch ein Stück Zeitungsbogen. Der Anführer stöhnte hörbar, als der Fremde ganz versunken zu lesen begann.

Es war gerade vor kurzem ein kleiner Taschendiebstahl vorgekommen, so eine ganz geringfügige Angelegenheit. Vielleicht las der Fremde darüber in seinem ausländischen Blatt? Womöglich war er ein Polizeimann in seinem Lande? Vielleicht suchte er die Schuldigen? War nicht die bestohlene Dame eine Fremde gewesen, dick und blond und fröhlich, eine ältere Dame, die sich erholte und unterhielt, und die dann ganz enorm angegeben hatte, als ihre kleine Goldtasche vom Bartisch im Excelsior verschwand? Eine winzige kleine Goldtasche, direkt gearbeitet, um übersehen zu werden oder verlegt, so daß man erst in einigen Tagen drauf kommt. Aber nein, da muß sofort geschrien werden. Wirklich albern, so anzugeben, doch ganz ausgeschlossen, daß es gestohlen sein sollte, das Täschchen, vielleicht hatte die Dame es vorher mit am Strand und dort im Sande verloren. Hier in der Bar saßen doch schließlich nur die anderen Gäste, wohlhabende Leute, die sich erholten, aus aller Herren Länder, aus Deutschland und England, sogar von Übersee und Argentinien ... Ach, wie sehr hatte sich alles verändert seit dem Krieg. Der Anführer seufzte bedrückt. Es war einem unmöglich gemacht, sich zu verkleiden, etwa den alten Krüppel zu spielen an den Straßenecken und die Fremden anzubetteln. Es gab soviel rührende Geschichten, die ganz, ganz sicher wirkten, von Elend und Verlust, Geschichten, die gut und gern ihre 500 Lire täglich einbrachten und ihren Herrn ernährten. Ach, waren das doch Zeiten heute. Arbeiten sollte man, auch wenn man dazu weder Lust noch Talent in sich verspürte. Und Stehlen war auch ungeheuer erschwert. Man konnte gar nicht mehr wagen, es selbst zu tun, so bekannt wie man war bei der Polizei. Und hatte man einmal so ein gutes, einwandfreies Geschäft an der Hand wie diese Brosche des Chauffeurs und diesen furchtbar dummen Fremden, der nicht mal Italienisch verstand, dann hatte der eine Brieftasche mit Zeitungen angefüllt und machte einen ganz unsicher damit. Und vielleicht, es schien jetzt fast so, vielleicht verstand er doch Italienisch? Vielleicht begriff er, was da eben geflüstert worden war, und den Zusammenhang, in dem sie zu einer gewissen Tasche standen und gewissen eleganten Leuten am Lido? Jedenfalls stand der Fremde jetzt ruhig da, hatte seine Brieftasche weggesteckt und wartete höflich darauf, daß man ihn gehen ließ. Da war nun wohl nichts mehr zu machen. Betrübt befahl der Anführer dem Schmutzfinger, die Tür zu öffnen. Der war empört. Er schimpfte, ohne sich zu schämen. Er sagte, immer sei es nun so, immer sei er übergangen worden, damals mit dem Diamantring sei es genau so gewesen, und wenn ihm der Argentinier in der Taschenaffaire nicht 1000 Lire ausgesteckt hätte, wäre er völlig leer ausgegangen. Und nun, wo er längst wieder blank sei, wolle man auf den Fang und die Beute hier einfach verzichten.

»Halt doch endlich den Mund«, schrie der Anführer verzweifelt. »Der Fremde versteht jedes Wort!«

Der Dr. Müller lachte vergnügt, als er auf der Zattere stand. Er hatte allerhand Nützliches erfahren und die Brosche erhalten. Nun wird alles gut, dachte er. Aber im Grund hatte er, der vergnügte deutsche Mann, der da unter dem hohen Nachthimmel von Venedig ging, ebenso wenig eine Ahnung, was ihm die Zukunft bescheren würde, wie irgend jemand sonst. Aber er glaubte, er könne die Ereignisse voraussehen, er zog gewisse Schlüsse, und das war gut und angenehm für ihn. Er war fest davon überzeugt, daß er in wenigen Augenblicken einen Kuß von diesem süßen Mädchen Madelin bekommen würde. Aber er wußte noch nicht, daß ihm danach das Herz beklommen sein wird, und daß er blinzeln wird, um nicht zu weinen.

Frau Beaulieu hatte es doch nicht fertig gebracht, den Mann Proktor länger als eine halbe Stunde zu beschäftigen. Sie hörte nämlich dem griechischen Pianisten so aufmerksam zu, daß sie völlig ihre Pflicht vergaß, und als sie dann auf einmal merkte, daß Proktor verschwunden war, schämte sie sich mächtig. Der griechische Pianist sprach, und zwar wieder zu einem Publikum von Damen jeden Alters. Es ist wirklich merkwürdig, wie wenig die Frauen unserer Tage sich mit der Welt, so wie sie ist, zufrieden geben und eine andre suchen, die für sie voller Reiz und Geheimnis ist. Sie glauben wahrhaftig, daß sie alles schon begriffen haben, ihre Allgemeinbildung gab ihnen den Aufschluß, den sie wünschten, sie verstehen alles: Drahtlose Telegrafie und Autos, Wellentheorie und Aseptik, das Atom und die Rakete, Radio und Skilaufen, Archäologie und Fliegen. Also wandten sie sich, ach gar zu gerne, an die Welt des Überirdischen, Außerirdischen, an die Welt der Geister.

Früher, als es noch nicht Sitte war, daß die Frauen ihr Wissen aus den Zeitungen beziehen, als noch ihr Herd und ihre Kinderstube die Orte waren, an denen ihre Erziehung sich vervollkommnete, wären sie wahrscheinlich, wäre ihnen für irgend eine Sehnsucht Zeit geblieben, wirklich religiös geworden. Sie hätten ihre von Sorge um Haus und Kind beladenen Herzen vertrauensvoll dem lieben Gott und seinen Engeln gereicht, um die Last fortzunehmen, und sie wären glücklich und erleichtert gewesen. Aber die in unserer Zeit erwachte fürchterliche Neugierde hätte sie nicht glücklich gemacht.

»In unserer Familie«, sagte der griechische Pianist, »ist man ja nachgeradezu an Prophezeiungen gewöhnt.« Er spielte wohl auf das den Allgemeingebildeten wohlbekannte delphische Orakel an – »Darum macht es mir keinen großen Eindruck, wenn ich regelmäßig vorher erfahre, wenn jemand, den ich kenne, stirbt.« Oh, das kannten einige, auch sie hatten Erfahrungen ähnlicher Art, auch sie wollten davon berichten und deswegen bewundert sein. »Ich –«, sagte der Pianist hochmütig, »ich nenne das bei mir nicht Vorahnung. Es ist eine Gewißheit, die ich erfahre. Das geht so weit, daß ich im selben Moment, in dem ich die Nachricht, die telepathische Nachricht vom künftigen Tode eines Freundes erhalte, sofort aufhöre, ihm Briefe zu senden. Ich schicke das Notwendige gleich lieber an seine Erben und Hinterbliebenen. Am sonderbarsten war da meine Angelegenheit mit Debussy.«

»Oh, erzählen Sie«.

»Ach bitte, erzählen Sie.«

»Also: Ich spielte ein Prelude von Debussy. Da gibt es eine Stelle, wo es nach Moll geht. Als ich es eines Tages übte, in Paris war es, ich wohnte damals am Quai d'Orsay, kam Debussy zu mir. Vierzehn Jahre nach seinem Tode trat er also zu mir ins Musikzimmer und sagte mir, merkwürdigerweise nicht auf französisch, sondern auf neugriechisch, er habe sich überlegt, ob es nicht hübscher wäre, hier die Tonart beizubehalten. Ich war völlig seiner Meinung und spielte nun dieses Prelude an dieser Stelle, wie Debussy, lebte er heute noch, es geschrieben haben würde. Leider hat das noch kein Kritiker bemerkt, es würde sonst eine so amüsante Polemik geben.«

»Ich finde«, sagte nun eine ältere Dame, die einen Kneifer trug, streng und entschlossen: »Man sollte ein Gesetz erlassen, um die Menschen zu zwingen, sich dem Höheren, dem Spirituellen zuzuwenden. Es müßten harte Strafen erfunden werden für die Faulen, die an ihres Tages Arbeit, an Essen und Trinken und Schlafen genug haben.«

»Mir ist es lieber«, bemerkte der Pianist, »wenn es so bleibt, wie es ist. Nicht alle, nur die Auserwählten, Besonderen, haben Zutritt zu den anderen Dimensionen.«

Die Kneiferdame gab ihm nach einiger Überlegung recht. Sie sagte: »Übrigens handele ich schon lange nach Ihrem Prinzip. Ich habe daheim in Boston einen Bridgezirkel mit Damen, die alle wie ich auf dem dritten Plan sind.«

Jetzt sagte Charlie Hickett ganz laut und plötzlich: »Aber das ist ja Blödsinn.« Er wußte ganz genau, daß die Anwesenden ganz enormen Blödsinn redeten, niemand, selbst ein gelehrter Buddhist, der nie an Wiedergeburt zweifelte, wagte es, anzugeben, auf welchem Plan er lebte, wie oft er schon auf dieser Welt geboren sei. Aber leider war Charlie schon recht betrunken, als er jetzt empört niedergeschrien wurde, konnte er seine Meinung nicht verteidigen. Er beschloß also, lieber nicht mehr zuzuhören, und machte es sich in seiner Ecke bequem. Aber einige Sätze drangen doch zu ihm, wie er da vor sich hin döste: »Es war ein schöner Schmuck, alte Arbeit. In Indien haben die Edelsteine in ihrer Anordnung zueinander besondere Bedeutungen ... Der kam auf geheimnisvolle Weise abhanden ... einige hundert Jahre später tauchte er auf ebenso geheimnisvolle Weise wieder auf, als der ursprüngliche Besitzer in einer neuer Inkarnation lebte ... Wie hieß er doch gleich ... Mahimdama ... Ma'deli ... M'adlinana ... Smaragd ... Saphir ... Ein merkwürdiges Schmuckstück ...«

»Ein merkwürdiges Schmuckstück«, sagte der Chauffeur Vendramin, als ihn sein Herr nach dem Verbleib der Brosche fragte, »es sah so echt aus, aber das Leihhaus auf der Zattere hat mir nur 5 000 Lire darauf gegeben.«

Der Herr machte ihm Vorwürfe; war das etwa seine Zuverlässigkeit, seine vielgerühmte? Da ging er einfach hin und versetzte etwas, was eine junge Dame in seine Obhut gegeben hatte? Aber der Chauffeur war nicht zu erschüttern. Oh, nie würde er ihm anvertrautes Gut leichtsinnig aufs Spiel setzen. Ginge er etwa hin und verkaufte das Boot seines Herrn samt Motor und allem? »Seit undenklichen Zeiten«, sagte er, »findet man, die Leihhäuser seien der sicherste Aufbewahrungsort für Schmuck. Wo denn sonst solle man hin damit?« – »Sie sind voll davon«, erzählte er, »bis an den Rand gefüllt damit, strömen fast über von Perlen, Diamanten und Geschmeide. Wer trägt überhaupt heutzutage noch seinen Schmuck, wer? Man trägt ihn ins Leihhaus, das ist es, was man damit tut, die feinsten Leute handeln so, Fürsten und Fremde.« Und er habe also auch so gehandelt und er glaube, er habe gut gehandelt.

»Es ist ja auch gleichgültig«, sagte Madelin beruhigend, »wo die Brosche jetzt ist. Wichtig ist nur, sie so schnell wie möglich zurückzubekommen.«

»Telefoniere ...«, befahl der Herr dem Chauffeur.

Der Chauffeur beeilte sich, er drehte an der Nummernscheibe, er verlangte die Aufsicht und behauptete, es sei von riesiger Wichtigkeit, aber er bekam auf keine Weise Antwort. Das Leihhaus auf der Zattere schlief. Kein Mensch war da, um auf das ununterbrochene Läuten zu antworten.

»Es nützt nichts«, sagte der Chauffeur traurig, »vor morgen ist da nichts zu machen. Und morgen ist Sonntag, also ist morgen auch nichts zu machen. Es tut mit leid, Signorina, ganz besonders leid.«

Der Signorina tat es wohl auch leid, sie saß da und weinte und ließ sich von dem Jungen Albert, der finster und wütend blickte, ein Taschentuch leihen.

»Gehen Sie in die Küche und machen Sie Tee«, sagte der Herr des Hauses zu Vendramin dem Chauffeur und zu dem weinenden Mädchen:

»Entschuldigen Sie mich bitte einen Augenblick«, und ging hinaus.

»Ich möchte jetzt einem die Knochen zerschlagen«, sagte Albert, als er mit Madelin allein war.

»Wem?« fragte Madelin unter Tränen.

»Das ist es ja gerade, daß ich das selbst nicht weiß.«

Die beiden saßen sehr still. Das Licht der Kerzen in den barocken Kirchenleuchtern flackerte. Eine kleine Maus lief behutsam in die Mitte des Raumes und verzehrte irgendetwas. Sie setzte sich auf die Hinterbeinchen, putzte mit den zierlichen Vorderpfötchen ihren Schnurrbart und lief dann mit viel Anmut zu der Tür, hinter der der Herr verschwunden war. Da fand sie wohl einen kleinen separaten Mäuseausgang und verschwand.

»Das war«, sagte Albert, »die verwunschene Frau, die im Leben so treulos war. Nun muß sie bei ihrem früheren Gatten Mäuschen sein. Vielleicht hat sie überhaupt die Brosche gefunden und in ihr Nest getragen. Und in hundert Jahren vielleicht findet dann ein armer Junge, der das nötig hat, den Schatz. Ich hab mal sowas erlebt.«

»Was, einen Schatz gefunden?« fragte Madelin neugierig und gab dem Jungen das feuchte Taschentuch zurück.

»Nicht ganz, aber fast«, sagte Albert. »Das war so: wo ich zuhause bin, da ist nämlich das Meer.« Er glitt von seinem Sessel, kuschelte sich auf den Boden und erzählte, ohne Madelin anzuschauen, den Mund nah an dem Samarkand, so als spräche er zu dem geheimnisvollen Muster des Teppichs. »Rundherum ist das Meer. Hallig heißt das. Ne kleine Insel. Ein Haus. Neun Bäume. Wiese, Moor und bißchen Acker. Die Bäume sind vom Wind ganz verrückt geworden. Verdreht, verknotet, krumm. Wind ist da immer. Von Nord, Süd, Ost, West, von allen vier Seiten manchmal. Dann singt der Schornstein auf dem Dach und das Pferd stampft im Stall. Was mein Vater ist, der redet nicht viel. Das gewöhnt man sich ab, wenn einem der Wind die Worte immer aus dem Mund reißt. Der ist da geboren. Inger Ingersen von der Ingerhallig. Der heißt nicht nur so wie der Großvater und der Urgroßvater, der ist auch so. 'N Radio kauft er nicht, 'ne Wasserleitung legt er nicht, und was sagen tut er nicht. Wenn ein Raketenflugzeug über dem Wasser dröhnt, runzelt der die Stirn und schaut nicht hinauf. – Ich heiße Albert, ich bin nicht der Älteste.

Salon im Palazzo Vendramin

Die Jüngeren bei uns fahren zur See. Meist kommen sie nicht wieder, bleiben woanders; ertrinken. Ist ja kein Platz auf der Hallig für viele. Ich fahr nicht zur See, ich bin auf großer Fahrt, aber an Land, auf den Beinen. Meine Mutter ist aus Hamburg. Und da fing es an.«

»Der Schatz?« fragte Madelin.

»Das kam später, wart' nur«, sagte der Junge. »Also weiter. Meinem Vater, dem war es nicht recht, daß ich nach Hamburg machen wollte. Aber sagen tat er 'ne ganze Zeitlang nichts. Nur das letzte Mal, als ich mit ihm draußen war, auf den Schollen, da sagte er ganz zärtlich und das rührte mich denn auch: ›du gottverdammte Landratte, fier maan [...]‹. Aber die Mutter packte zwei neue Hemden für mich und sagte, schreib mal, Bert. Aber das Schreiben, das vergißt man. Beim Onkel in Hamburg, da blieb ich nicht lang', das ging nicht gut. Zu eng alles, zu klein, zu wenig Luft. Am Hafen traf ich einen Jungen. Der kam gerade aus Peru. Da hatte er was entdeckt, aber dann wurde er krank und mußte zurück. Aber für mich war das ein Glück, denn da in Hamburg erzählte er mir von seiner Entdeckung. Und das ist nun meine Sache und mein Ziel. – Mit einer Maus fing das an. Die sprang über die Sprossen und Eisenringe, die naschte an Fischkoppen, die tanzte herum und verschwand dann im Loch. Der Junge saß da, machte nachdenklich einen Pfropfen aus zerspleißtem Tau und verstopfte das Loch. So sagte er dann, und weil außer mir keiner da war, mußte er wohl meinen, er sprach zu mir. ›So wie der da‹ – sagte er also – ›so war mir mal zumut. Tief unten in der Erde. In einem Zinkbergwerk. In Peru.‹ Also, das war ein netter Anfang einer Geschichte, fand ich. Damals hatte ich zwar noch nicht so viel Übung und Erfahrung wie heute, aber das merkte ich doch, ein gutes Garn wird das, laß ihn man weiter aufrollen. Also machte ich Freundschaft mit dem Burschen. Ich sagte, ›glaubt ja wohl keiner, und ich bin nicht von gestern, und Peru, warum nicht gleich Alabama.‹ Und er sagt, ›nun steck mal 'n Knopf zurück‹, und ›das ist die Welt auch noch nicht‹ und ›Hör lieber zu, vom Zweifeln ist noch keiner satt geworden.‹ Ein feiner

Bursche war der, aus Berlin, von ihm hab ich viele von meinen besten Flüchen und auch sonst allerhand brauchbare Redewendungen. Ja, und noch etwas. Das Ziel.«

»Hatte denn der Bursche«, fragte Madelin gespannt, und hatte ihren Kummer ganz vergessen, »einen Schatz entdeckt, als er da in dem Schacht eingeschlossen war wie die Maus?«

»Och, so einfach geht das nicht«, sagte der Junge Albert. »Sondern er hatte da Zeit. Zeit zum Überlegen und zum Denken. Erst natürlich ist er wütend. Die Direktoren der Grube sind natürlich Schufte gewesen, wegen gut abstützen lassen und so. Sie sicherten schlecht das Leben ihrer Arbeiter, es war ihnen nicht viel wert, die Arbeiter sind da billig und leicht zu haben. Nur Peons, fast keine Weißen. In seinem Schacht war Benn der einzige Weiße. War also der einzige, der etwas davon hatte, daß er drei Tage in Lebensgefahr war. Die Peons nämlich, die schliefen und schrien und beteten abwechselnd. Benn betete auch, aber dann überlegte er. Er ließ sich nicht stören, wenn die Sprengungen, die sie oben vornahmen, ihm pfundweise Sand und Dreck auf den Kopf schütteten. Ihm war was eingefallen, er tat zwei und drei zusammen, er kombinierte und spekulierte, und als sie dann endlich gerettet waren, hatte er seinen Plan fertig im Kopf. Er kam dann wohl erst irgendwo ins Krankenhaus und dann zurück nach Deutschland. Aber das sind, sagt er, nur Zwischenstationen, nun hat er ja auch mich, uns wird's bestimmt gelingen. Getrennt marschieren, vereint schlagen. Er ist jetzt auf dem Land, um sich bißchen Muskeln anzufuttern, und ich bin auf Fahrt in Europa, aber übers Jahr, da ist Treffpunkt Elbebrücke, dann geht's los.«

»Zum Schatz?« fragte Madelin. »Geht Ihr dann den Schatz heben?«

In diesem Augenblick kam der Herr vom Vendramin zurück. Er trug den leichten Abendanzug, den die Herren in Venedig eingeführt haben, obwohl sie nicht behaupten, Venedig läge in den Tropen: Lackschuhe, schwarze Hosen, weiches Seidenhemd und weiße Leinenjacke. Er sagte: »Sie dürfen jetzt wählen, Fräulein Madelin. Entweder setzen wir uns jetzt zu einer Tasse Tee und plaudern etwas, oder aber wir fahren zu Julia und handeln. Tee sowohl als Motorboot stehen bereit.«

»Ich trinke sehr ungern Tee«, sagte Madelin ablehnend, aber sie faßte den Herrn so nett und dankbar bei der Hand, daß der, ebenso wie vorher Albert, beschloß, das Mädchen zu beschützen, die Schatzsucher aufzuhalten, mit allen Mitteln.

Als sie auf den Stufen vor dem Palazzo standen, grüßte sie das Licht des Tages, noch nicht strahlend und sonnendurchflirrt, sondern noch kühl und hart und etwas dunstig. »Schön ist so ein früher Morgen in Venedig«, sagte der Junge. Der Kanal war noch leer. Nur am Gemüsemarkt wurden schon die Boote umgeladen. Die Tomaten, Pfirsiche, Gurken, Karotten, Blumen lagen zu Bergen getürmt und die großen Wassermelonen flogen, wie grüne glänzende Bälle von Männern in den

Markt am Canal Grande

Booten geworfen, hinauf in die Hände der Marktleute. Es roch angenehm würzig, süß und blumig.

»Die Venezianer«, sagte der Herr, »bezeichnen ihren Markt als den Magen Venedigs. Ich finde, das ist kein gutes Bild. Sie sollten ihn den Garten Venedigs nennen, den Bauerngarten, in dem alle schönen Dinge auch nützlich sind.«

Jack hatte seinen Kopf wieder an den Busen der Herzogin gelegt, aber dieses Mal war er nicht betrunken, sondern ganz klar, kühl und berechnend. Die Herzogin war alt und häßlich, und Jack war hübsch und jung, ach, so hübsch und jung.

»Wie hübsch und jung Sie sind«, sagte die alte Dame und streichelte sein Gesicht. »Ich hatte bis vor kurzem einen Freund, auch sehr hübsch, Alexis heißt er. Wir tanzten fast jede Nacht zusammen, er ist ein Sportsmann, ein Autofahrer. Ich hatte ihm ein Auto gegeben, und er hat viele Schönheitspreise. Alexis war so bezaubernd angezogen, ich ließ ihm phantastische Hausanzüge machen, die trug er dann in seinem Haus, ein reizendes Haus am Bois. Nur achtzehntes Jahrhundert, Möbel und Bilder, ich hatte es ihm eingerichtet, beinahe ohne die Hilfe eines Innenarchitekten. Er hatte nämlich selbst nicht viel Geschmack, und auch kein Geld, aber er war gewohnt, sehr gut zu leben. Da, wo er herkam, hatte seine Familie ein Schloß besessen, und viele Sklaven, oder vielleicht doch keine ganz richtigen Sklaven. Jedenfalls war sein Vater sehr mächtig, und dann wurde er verjagt, und die Familie kam an den Bettelstab. Alexis' Schwester war in Paris Mannequin. Alexis mußte ihr helfen, denn auch sie war an Luxus gewöhnt und brauchte ein Auto und eine schöne Wohnung, in einer ärmlichen hatte sie es einfach nicht ausgehalten. Das sagte sie selbst. – Aber dann später hat sich herausgestellt, daß sie gar nicht seine Schwester war, und Alexis selbst war vielleicht auch gar nicht das, was er sagte. Er sah sehr gut und nobel aus, aber es gab einige, die behaupteten, er sei Kellner gewesen in Cannes, aber es braucht ja nicht alles wahr zu sein, was die Leute reden.«

»Wo ist Alexis? Warum ist er nicht hier?« fragte Jack und wünschte sehr, daß er hier wäre. Er könnte ihn dann fragen, wie man es macht, Häuser und Autos zu erhalten, wenn man außer einem Vater am Bettelstab nichts auf dieser Welt besitzt. Vielleicht war das Leben doch einfach, wenn man nur hübsch und freundlich war, vielleicht war das Bild der Armut nur eine Drohung vom Schicksal, die nicht ernst gemeint war. Vielleicht konnte man Arbeit und Armut umgehen, auch ohne Tüchtigkeit und Fleiß. Und Jack blinzelte in die helle Spalte der Hintertür, die sich ihm auftat, aber ihm war nicht wohl dabei, beileibe nicht, ihm war beklommen wie vor einer Gefahr.

»Alexis ist jetzt mit seiner Frau auf Hochzeitsreise«, erzählte die Herzogin strahlend, »denken Sie doch, er hat eine junge Dame geheiratet, eine reizende junge Dame aus guter Familie. Erst war er so unglücklich, er dachte wohl, ich würde ihm nicht helfen wollen. Er besaß zwar ein Haus, nicht wahr, aber er hatte doch kein Einkommen, um eine Frau zu erhalten. Da hab ich dann mit meinem Bankier gesprochen, der gab ihm eine Stellung, er verwaltet irgendwelche Gelder, ich glaube, Gelder von mir. Eine kleine Stellung erst, aber er kann sich ja heraufarbeiten. Alexis ist so dankbar, aber schreiben kann er mir natürlich nicht mehr und sehen kann ich ihn auch nicht mehr, denn was würde sonst seine Frau denken? Ich bin sehr froh, daß Alexis es so gut getroffen hat, aber ich bin sehr allein jetzt.«

Jack sah auf das Gesicht der Herzogin. Jetzt schien sie ihm nicht mehr so häßlich, sie schien ihm jetzt wie eine Mutter, die sich ihre Söhne selber aussucht und dann betreut. Ihr Gesicht sah gütig aus, und sehr zart im Ausdruck, Jack stellte sich vor, daß er sie küßte. Ihr Haut war gut gepflegt. Sie würde nach Puder riechen wie seine Mutter in Chicago. War es nicht gleichgültig, ob man seine Mutter dankeschön küßte für ein Auto oder eine bezahlte Schneiderrechnung oder eine fremde Dame? Ach, es war wohl doch nicht dasselbe, mit seiner Mutter ging ein junger Mann ja danach nicht tanzen. Und während er sich weiter sanft streicheln ließ, stellte sich Jack vor, wie es sein würde, wenn er auf die einfache und bequeme Weise von Alexis, dem unbekannten Herrensohn und Exkellner, leben würde. Jack fährt also, in einem schönen neuen Bugatti oder Mercedes, zu seinem Schneider in die Champs Elysées. Am Tag vorher hat er im Bois einen Preis gewonnen, für die schönste Karosserie seines Wagens. Der Schneider hat einen Hausanzug fertig, phantastisch, aus Samt oder Seide. Er würde sagen: »Dürfen wir um Check bitten?« Und Jack würde antworten: »Nein, schicken Sie die Rechnung an die Herzogin, Sie kennen sie ja, eine ehemalige Kundin, die die Sachen für Herrn Alexis bezahlte.« Danach dann fährt er vielleicht in die Ritzbar. Oder doch lieber nicht? Es ist vielleicht nicht angenehm, amerikanische Kameraden von früher zu treffen, die fragen würden, was er in Paris mache. Und die nach einer Weile aufhören würden, ihn zu grüßen. Aber dieselben jungen Amerikaner konnte er auch auf dem Golf treffen oder beim Reiten im Bois, oder beim Tennis. Überall würde er sie treffen können und dann müßte er den Kopf abwenden. Jack wurde etwas schwindlig.

Was er abwechselnd vor seinem inneren Augen sah, mit Schrecken und Erleichterung, mit Scham und Sehnsucht, waren: ein kleines Zimmer mit einem Besen in der Ecke; eine Schmuckschatulle gefüllt; eine ungeheure Schreibmaschine, deren unbekannte Tasten ihn angrinsten; ein matt beleuchtetes Schlafzimmer, in dem, ausgebreitet auf Sesseln, Anzüge lagen, Hemden und Schlipse für ihn zum Auswählen; einen kleinen Kochtopf, aus dem es angebrannt roch; ein nettes Mädchen in einer Luftschaukel auf Coney Island; eine Dame in Silberfüchsen, die er ausführen sollte; ein Loch im Strumpf; ein leerer Schrank, eine leere Kommode, eine leere Brieftasche; das Boudoir seiner Mutter, in dem eine fremde Dame sich zurechtmachte; seine Zimmer in Chicago, in denen ein fremder junger Herr herumging und pfiff; eine Hand, die ihm Geld darreichte, Pfennige erst, dann Dollars, dann Pfunde, dann Franken in dicken Bündeln; ein schönes Auto; eine überfüllte Untergrundbahn, in der es übel roch. –

In diesem Augenblick ergriff Jack die Hand, die ihn gestreichelt hatte, und küßte sie.

Die Herzogin hatte schon eine ganze Weile gesprochen, aber jetzt erst hörte er, wie sie sagte: »Oder auch nach Marokko. Mein Haus dort steht immer bereit. Es geht felsig herunter zum Meer. Aber das Schwimmbassin im Garten hat immer die gleiche Temperatur.«

In diesem Moment hörte Jack, wie jemand Madelins Namen aussprach, in einem sonderbaren Ton. Einem Ton, in dem man von seiner Schwester bis jetzt noch nie gesprochen hatte. Er sagte: »Es ist doch geradezu unerhört von diesem Zimmermannmädchen.« Proktor nämlich, von dem Leihhaus auf der Zattere unverrichteter Dinge zurückgekehrt, hatte, ohne zu überlegen, weiß vor Wut, die Schatzsucher aufgehetzt. »Dieses Zimmermanngeschöpf Madelin brauchte einfach Geld. Die haben keinen Knopf mehr«, flüsterte er den Leuten zu. »Sie hat den Schatz behalten und wird ihn zu Gelde machen.« Die Frauen, die schon eine Weile vergessen hatten, an den Schatz zu denken, die flirteten und tanzten, glaubten ihm sofort. Das ist so traurig heutzutage, daß sofort geglaubt wird, wenn ein Nebenmensch einer häßlichen Handlung beschuldigt wird. Aber es ist so. Etwa fünfzehn Frauen hatten den geflüsterten Verdacht gehört, und fünfzehn Frauen sagten nun, während sie weiter tanzten und flirteten: »Unerhört, dieses Zimmermannmädchen, unerhört, es geht hin und stiehlt und unterschlägt, als habe sie von Jugend auf nichts anderes gelernt.« Und Jack hörte, wie seine Schwester beschimpft wurde.

Am Hafen ging ein Mensch ohne Hut und sang. Nichts Außergewöhnliches, eben ein fröhlicher Mensch, ein Sänger aus Freude und Genuß. Er bog in eine Seitenstraße ein, in noch eine, er stand auf einem Platz, und sein Singen wurde leiser. Er summte jetzt, und dabei überlegte er wohl. Hinter ihm stand ein schäbiger kleiner Hund und schnüffelte, bellte dann einmal kurz, und sprang dann, mit zurückgewendetem Köpfchen, auf ein Haus an der Ecke zu. Der Mann sah ihm unwillkürlich nach und pfiff dann durch die Zähne, womit seine musikalische Darbietung ein Ende nahm. Er folgte dem Hund zu dem Haus, zu Shylocks Haus. Es war nämlich vor kurzem hier in Venedig eine Theateraufführung des Kaufmanns von Venedig gegeben worden, und hier auf dem Campo San Trovaso hatte sie stattgefunden, und das Haus hatte mitgespielt. Hier hatte der Schauspieler Shylock und seine Tochter, die schöne Schauspielerin Jessica, allabendlich das Stück lang gewohnt. Die Venezianer hatten zwar behauptet, so eine Geschichte sei in ihren Mauern niemals vorgekommen, aber sie hatten die Vorgänge auf der Bühne, die der Platz und der Kanal war, doch sehr anziehend und fesselnd gefunden. Vor allem hatte ihnen gefallen, daß am Ende mitten in das Mittelalter hinein ein schönes Motorboot auf die Bühne, Verzeihung, auf den Kanal, gefahren war, um den Regisseur abzuholen. Die Festspiele waren schon zu Ende jetzt, das Haus des Shylock war Tag und Nacht unbewohnt. Ein Mann, der auffällig, gegen den frühen Morgen zu, hier vorbeikam, konnte ohne weiteres die Tür aufmachen, ein Päckchen aus der Tasche ziehen, hineingehen, das Päckchen niederlegen, den schäbigen Hund dazu tun, hinausgehen und nun die Tür mit einem kleinen vergessenen Bühnennagel schließen. Das tat der Herr auch. Dann nahm er Bleistift und Papier heraus, und während er sich aufmachte, einen gewissen Palazzo am Kanal wieder aufzusuchen, dichtete er ein Verschen. Es handelte von einem Heiligen, der das Finden mit seinem Namen umschloß, was eine ziemliche Vergewaltigung des Wortes Trovaso bedeutete. Es handelte ferner von dem Haus des nachgemachten Gierigen, von einer schönen, angeblich Entführten, und von dem Gewinsel eines eingesperrten Tieres.

Ein Motorboot hielt vor dem Palazzo der Julia. Es war am frühen Morgen und die Chauffeure und Gondolieri, die vor dem Tor in ihren Booten schliefen, fanden, sie würden zu früh geweckt. Als sie aber sahen, daß, was sie für eine Aufweckklingel gehalten hatten, der bekannte schnelle deutsche Motor von Vendramin war, setzten sie sich wieder zum Schlaf bequem. Aus dem Boot stieg ein uneleganter junger Mann, ein sehr eleganter alter Mann und ein süßes amerikanisches Mädchen. Das schrie vor Schreck, als in der dunklen Halle jemand auf sie zustürzte, sie am Hals festhielt und ihr etwas an der Schulter herumfingerte. »Warum schreien Sie«, fragte Albert mißbilligend. »Es hat mich jemand angefaßt«, verteidigte sich Madelin. »Aber hier ist doch niemand«, sagte der Herr des Vendramin.

Blick auf San Trovaso

Wirklich, hier war niemand mehr. Sie stiegen die breiten, schönen Treppen hinan. Auf jedem Absatz stand ein kleiner Neger grinsend und goldrot livriert, aus Gips. Und jedem der kleinen Neger sagte Madelin etwas ins kleine, geschmückte Ohr. »Hilf mir«, sagte sie, und die Gipsneger grinsten.

Oben hatte Jack sich schon mit drei verschiedenen Männern geprügelt, als er den Mann Proktor zu fassen kriegte. Da war er leider schon etwas abgekämpft. Die Frauen schrien, aber sie schauten zu. Die Männer versuchten sie fortzuführen, aber wann je ist es den Männern geglückt, Frauen davon abzuhalten, etwas anzuschauen, was ihnen gleichzeitig Grauen und Vergnügen einflößt? Sie sahen also zu und begrüßten jedes aufgeschlagene Auge und jeden zerrissenen Jackenärmel mit kleinen, spitzen Schreien. Der Junge Albert hatte wohl ein flair für Keilereien. Er erschien im Raum mit einer Plötzlichkeit, daß es aussah, als sei er direkt vom Motorboot unter Umgehung von Treppe, Halle und Salons mitten hineingesprungen. Er sah kurz hin und nahm sofort die Partei des Jüngsten, Jacks Partei. Der Mann Proktor, um den es doch eigentlich ging, war schon verschwunden. Als er nämlich in einem für ihn günstigen Moment gerade dabei war, mit den Hacken seiner Lackschuhe auf Jacks hübschem Gesicht herumzutrampeln, hatte ein Mann etwas zu ihm gesagt, was ihn veranlaßte, damit aufzuhören. Der Mann war Dr. Müller, und was er da sagte, während er ruhig am Fenster stand und dem Proktor in die Augen sah, war: daß er von einer gewissen, juwelenbesetzten Tasche wüßte; daß die Konsulate dieser Welt nie andere als ehrenhafte Leute zu beschützen in der Lage seien; daß die Luft in diesem Raume und in der ganzen Stadt entschieden besser zu ertragen wäre, wenn gewisse unsaubere Elemente hier verschwinden würden. Daraufhin war Proktor herausgegangen, hatte niemanden gegrüßt und muß dann wohl einen Zug gefunden haben, der ihn sehr rasch aus Venedig fortführte. Der Dr. Müller konnte sich beruhigt sagen, daß von dieser Seite dem süßen Mädchen keine Gefahr mehr drohe.

Immerhin ist es nun einmal Tatsache, daß eine Prügelei sich selten auf diejenigen lange beschränkt, die sie angefangen haben und noch die Ursache dafür wissen. Augenblicklich waren ein Engländer, Jack, ein Italiener, Albert und Charlie Hickett in der bis in die Neuzeit für männlich und würdig gehaltenen Weise mit Inbrunst beschäftigt. Sie prügelten nach allen Regeln der Kunst. Der Italiener kämpfte, weil es ihn gekränkt hatte, daß in einem italienischen Salon von Ausländern geprügelt wurde; der Engländer aus Liebe zur Sache; Jack ohne zu merken, daß sein eigentlicher Gegner schon nicht mehr da war und weil er nichts Besseres mehr auf der Welt zu tun wußte; Charlie, weil er vorhin aus Versehen einen Tritt abgekriegt hatte, und Albert aus Gewohnheit. Als sie fertig miteinander waren, in dem Moment nämlich, als jeder einzelne davon überzeugt war, mehr ausgeteilt als abgekriegt zu haben, standen sie auf, schüttelten sich die Hände und taten, als sei nichts Besonderes vorgefallen. Sie benahmen sich dann auch so, aber sie sahen nicht so aus. Jedenfalls konnte nun niemand mehr dem Mädchen Madelin vorwerfen, mit einem zerlumpten Jungen erschienen zu sein in einem Palazzo, in dem es außer ihm noch vier zerlumpte Jungen gab.

Der Dr. Müller hatte solange an seinem Fensterplatz ruhig gestanden, bis Madelin hereinkam. Der Herr von Vendramin führte sie am Ellenbogen wie ein Schutzmann eine kleine Verbrecherin führt, in die er sich verliebt hat, während er sie verhaftet. Der Dr. Müller fand aber, er könne auf diese neue und ihm nicht bekannte Beziehung keine Rücksicht nehmen. Er packte also sofort mit großer

Sanftheit, aber doch resolut den freien Arm des Mädchens, beugte sich nah an ihr Ohr und flüsterte. »Ich verstehe nichts«, sagte Madelin, »ich war übrigens fort, aber es hat nichts genützt. Was sagen Sie? Sprechen Sie doch laut, es kitzelt, wenn Sie mir so ins Ohr flüstern.« Der Dr. Müller gehörte einer Rasse an, der man schon alles nachgesagt hatte, richtiges und falsches, aber noch nie, daß es ihm an Mut fehle. Obwohl er dabei rot wurde, sagte er also sehr laut und deutlich: »Ich habe Sie gefragt, Madelin, ob es Ihnen Freude machen würde, meine Frau zu werden?« Und da Madelin erst nicht antwortete, wiederholte er seinen netten, wohlgemeinten Satz noch einmal auf englisch. »Es würde mir wahrscheinlich –«, antwortete das amerikanische Mädchen –, »viel Freude machen, Ihre Frau zu werden, aber ich habe jetzt absolut keine Zeit, mich mit den erfreulichen und nebensächlichen Dingen abzugeben. Fragen Sie vielleicht mal wieder an, so in ein, zwei Jahren werde ich wohl vom Ernst des Lebens, den ich gerade studiere, genug haben.«

Madelin sprach diese für Dr. Müller niederschmetternde Antwort sehr rasch und sehr leise und mit einem Ausdruck im Gesicht, der dem Dr. Müller, wenn der besser aufgepaßt hätte, allerlei Liebliches und Tröstliches versprochen hätte. Der Herr vom Vendramin schien sehr viel Sympathie zu haben für den Mann, der gerade die Abfuhr bekommen hatte. Er ließ das Mädchen los, nahm statt dessen den Dr. Müller am Ellbogen und führte ihn in eine Ecke des Spiegelsalons. Er hatte wohl die Absicht, sich mit ihm über Frauen zu unterhalten, aber der Doktor schien augenblicklich zu allem andern mehr Lust zu haben.

Madelin war an ihrem zerrissenen und geschundenen Bruder vorbeigegangen mit einer Gleichgültigkeit für seinen Zustand, die fast vermuten ließ, sie sei derartiges gewöhnt. Das stimmte nicht, sie hatte ihn nur völlig übersehen. Sie ging auf ihren alten Platz auf der Dienertreppe, um die merkwürdige Nacht zu überdenken. Aber sie kam nicht weit. Sie schlief ein und wurde später auf eine sehr gewaltsame Weise geweckt.

Die Herzogin war entsetzt über Jacks Wunden. Nicht so sehr über seinen völlig zerrissenen Anzug. Sie fand im Gegenteil, daß der Junge besonders vorteilhaft aussah, mit bloßem Hals und über der Brust zerrissenem Seidenhemd, auf dem ein Fetzen, der einmal eine Krawatte gewesen war, wie ein trübsinniger Wimpel hing. Aber obwohl sie auch die zerrauften Haare sehr hübsch fand, hatte sie doch Gefühl für Anstand genug, um einen Kamm herauszunehmen und den jungen Mann zu kämmen. Sie wusch ihm auch die blutigen Striemen vom Gesicht, aber weil sie dazu Coctail aus einem Glas nahm, war Jack nicht sehr glücklich darüber. Sie sprach zu ihm rasch und eifrig und, als habe sie keinen Augenblick mehr zu verlieren, sprach sie zu Jack von ihrer Vorliebe für junge Männer und für ihn im besonderen. Er solle es gut haben, sagte sie, nun wo sein Vater doch kein Geld mehr habe, wage sie deutlich zu sein. Sie wurde sehr deutlich, und

Jack wunderte sich, warum er eigentlich vorhin momentelang gefunden habe, daß sie eine nette und mütterliche alte Dame war. Sie hielt ihn da fest, behandelte sein Gesicht mit Alcoholica und sagte unmögliche Dinge. »Wie ich Ihren Typ kenne«, – sagte sie, – »können Sie das Leben ohne Luxus und Reichtum nicht aushalten.« Damit hatte sie ja beinah recht, fand Jack, aber was ging das eine fremde alte Dame an? »Ich würde gar nicht viel verlangen –«, fuhr sie fort, – »Sie hätten viel freie Zeit, auch wenn wir zusammen reisen. Das einzige, was mir Freude macht, ist, zum Tanzen geführt zu werden. Aber nur nachmittags. Nachts schadet es meiner Gesundheit, hat mein Arzt gesagt. Und Sie brauchen auch nicht das Gefühl zu haben, als schenke ich Ihnen was, Sie können sich gut mit etwas beschäftigen, was nützlich ist. Ich könnte mit meinem Bankier sprechen. Sie könnten Gelder verwalten.«

Alexis der zweite also, dachte Jack, aber er sagte das nicht laut. Sie tat ihm sehr leid, die alte Dame, die so gern mit jungen Männern tanzte und bereit war, dafür Geld auszugeben. Aber für ihn war das keine Chance, das wußte er jetzt genau. Und als er ihr das vorsichtig beibrachte, weinte die Herzogin. Jack war ganz bestürzt. Vor gar nicht langer Zeit, da in Julias Schlafzimmer, hatte er noch gedacht, außer ihm seien alle hier glücklich, und nun? Er schämte sich. Er streichelte der alten Dame die Hände und tröstete sie. Er sagte, das sei ja alles sehr lieb von ihr ausgedacht, aber das ginge nun mal nicht. Und er sagte, sie solle doch jetzt heimgehen und schlafen, wie es ihr Arzt ihr empfohlen hatte, aber wenn sie zu traurig dazu sei, so wolle er mit ihr tanzen. Jetzt hier zum Grammophon. Und das war das erste Mal in seinem Leben, daß Jack Zimmermann kurz vor dem Frühstück mit einer Herzogin tanzte.

Charlie Hickett langweilte sich sehr, während er versuchte, Madame Cas zu unterhalten. Wie häßlich war doch diese Frau, wie charmelos und unelegant. Er war wie alle anderen, die Madame Cas kannten, gewohnt, während er mit ihr sprach, ihre phantastischen Steine anzusehen. Sie hatte die schönste Kollektion aller Frauen Europas. Und beinah alle Frauen Europas waren auf sie neidisch, was sie sehr glücklich machte. M. Cas war der dritte Millionär, den Mme Cas geheiratet hatte. Von ihm stammte das Emeraude Collier. Aber heute hatte Madame Cas ihren sämtlichen Schmuck im Hotel-Safe gelassen. Sie wollte sich durch nichts behindert fühlen, während sie den Schatz suchte, und natürlich fand sie ihn. In ihrer Sammlung würde die kleine Brosche ärmlich wirken, aber es ist ein merkwürdiges Gesetz, daß die Edelsteine, die eine Frau besitzt, die Eigenschaft von Magneten bekommen für andere Edelsteine. Jede kleine Midinette in Paris weiß das, und darum versucht sie so hartnäckig, zu ihrem ersten Diamanten zu gelangen. Die andern kommen dann schon von selbst. – »Vorhin ging doch die kleine Amerikanerin, der Ihr alle so den Hof macht, hier durch das Zimmer. Haben Sie gesehen, wo sie hinging?« fragte sie. »Sie können sie ja suchen.« Charlie war nicht galant. »Ich denke, daß sie etwas mit dem Schatz zu tun haben muß, und ich glaube nicht, daß sie ihn gestohlen hat«, sagte Mme Cas. »Sie ist die Einzige, die man Blume der U.S.A. nennen kann, ohne lächerlich zu wirken. Ich will unter ihrem langweiligen Blondhaar suchen, und wenn ich ihr das Kleid vom Leib reißen muß.« Charlie fand immer noch, daß Madelin am hübschesten aussah, wenn sie wenig anhatte, aber er fand, hier sei dafür doch nicht der richtige Ort. Am Strand, ja! Und vielleicht noch – hier kam ihm eine Idee. »Ich komme mit«, sagte er, »ich habe diesem Zimmermannmädchen noch etwas zu erzählen.«

Nachdem er mit der Herzogin einen langsamen Tanz getanzt hatte, machte Jack eine kleine Verbeugung und lief davon. Er suchte einen ruhigen Platz und fand ihn hinter den Vorhängen auf einer Fensterbrüstung. Die Sonne stand schon hinter der Salute. »Schöner Morgen«, sagte eine Stimme. Der Platz war schon besetzt. Albert saß da und rückte nun ein Stückchen. Jack setzt sich. Er schwieg. Er seufzte. »Um Ihre Schwester brauchen Sie keine Angst zu haben«, sagte der erstaunlich zerlumpte Junge, »die geht ihren Weg mit aller Ruhe zu Ende, ohne sich darum zu kümmern, ob Geld daheim für sie liegt oder nicht.« Jack wunderte sich in dieser Nacht nicht mehr, auch jetzt nicht darüber, daß dieser fremde Bursche über seine privaten Sorgen schon durch Klatsch unterrichtet war, und sich erlaubte, darüber zu reden. »Danke«, sagte Jack. »Ich glaube, Sie haben mir vorhin geholfen; das war sehr anständig von Ihnen. Es hatten nämlich einige Lumpen gewagt, zu behaupten, meine Schwester habe eine Brosche gestohlen, die als Lohn und Preis für diese albernen Schatzsucher bestimmt war. Natürlich mußte ich sie prügeln, aber ich fürchte, ohne Ihre Unterstützung ...« »Bitte sehr«, sagte Albert, »mir ist es nämlich völlig gleich, wofür ich mich haue. Ich tu das gern. Es ist auch eine gute Übung. Ich bin dabei, auch einen Schatz zu heben, aber für meinen braucht man mehr Muskeln als für diesen, und übrigens auch mehr Grips.« Jack war neugierig. Er war froh, von seinen Gedanken abgelenkt zu werden, die sich alle mit dem neuen Kummer, der so plötzlich in sein Leben gekommen war, beschäftigten. »Erzählen Sie«, bat er. Und Albert erzählte. Nicht so genau und gründlich wie vorher der Madelin, aber dafür wurden sie diesmal nicht unterbrochen, und Jack erfuhr, woraus der Schatz bestand und wie es ihm möglich wäre, ihn unter Aufbietung aller Kräfte und mit der Hingabe eines ganzen langen Lebens zu heben.

Madelin erwachte, weil eine häßliche Frau sie an den Schultern rüttelte. Hinter ihr stand Charlie und machte Morsezeichen mit den Händen, die sie nicht begriff. Die Madame Cas schrie plötzlich laut, unmusikalisch und grenzenlos beglückt. Sie hatte auf Madelins Schulter den kleinen Zettel entdeckt, den Dr. Müller im Treppenhaus dort befestigt hatte. Sie riß ihn ab, las ihn schnell, überlegte, begriff und rannte dann wie von den Furien gejagt durch die Türen, durch alle Salons und Säle, riß im Vorbeirasen ihren Mann mit sich die Treppe hinunter und ins Boot. »Nach San Trovaso!« rief sie. Die andern Schatzsucher, in Ecken und Winkeln mit Nebendingen beschäftigt, sahen auf und besannen sich auf ihre Pflicht. Sie nahmen die Hände von ihren jeweiligen Flirts, sie warfen die Bridgekarten hin, sie stellten die Gläser weg, und rannten so schnell sie konnten hinter Madame Cas und zu ihren Booten. »San Trovaso«, riefen die Gondolieri und die Motorbootchauffeure, und nach San Trovaso beeilten sie sich, ihre Herren und Damen so schnell wie möglich zu führen.

»Was bedeutet das eigentlich«, fragte Madelin Charlie mit nicht sehr freundlichem Ausdruck. »Das beste für Sie, Madelin«, sagte Charlie, der sich vorgenommen hatte, so zu ihr zu sprechen, »das beste für Sie und mich und für Amerika ist, wenn Sie mich nehmen.« Madelin schaute auf. »Ich meine, Sie sollten mich heiraten.« Madelin wachte meist sehr langsam auf, und wenn sie nicht, wie sie es gewohnt war, mit freundlichen und verständlichen Worten geweckt wurde, konnte sie leicht schlechte Laune zeigen. Sie zeigte sie jetzt. Charlie hielt sich die rechte gerötete Backe, als er durch das fast völlig leere Haus hindurch und fort ging.

Julia war ihren Veronese nicht losgeworden. Sie saß mit dem Herrn vom Vendramin bei Kaffee und Hörnchen und sie unterhielten sich über dasselbe Thema, über das sich in jeder Stadt der Erde die

Leute, die Häuser da haben, unterhalten. Sie sprachen über Steuern, über die Schwierigkeit, Wohnungen an Fremde zu vermieten, und über Dienstboten. »Wer ist eigentlich noch da?« fragte der Herr vom Vendramin. Sie standen auf und schauten in alle Räume, wer eigentlich noch da war. In Julias Schlafzimmer fanden sie den Marchese Ritchie, wie er Madelin einen Antrag machte. »Es hat ja keinen Zweck mehr, Ugo«, sagte ihm Julia. »Madelin hat ja kein Geld mehr«, und sie nahm ihn am Arm und führte ihn mit sich fort.

Dr. Müller kam herein auf der Suche nach der Hausfrau, um sich zu verabschieden. Madelin hielt ihn fest. »Was bedeutet das«, fragte sie. Der Dr. Müller faßte sehr zart ihre Hand und sagte: »Machen Sie sich keinen Sorgen. Ihr Vater hat sein Geld verloren. Aber das macht nichts. Sie würden mich sehr verbinden, wenn Sie einwilligten, meine Frau zu werden. Ich habe vor Ihnen noch nie eine Frau geliebt.« Seine Stimme wurde ganz leise und erschüttert. »Bitte«, sagte er, »bitte, kleine Geliebte, werden Sie meine Frau. Sie würden mich so glücklich machen und ich würde versuchen, das Leben für Sie ganz wunderbar zu gestalten. Wir können auch Ihren Bruder Jack bei uns wohnen lassen –«. Madelin war sehr gerührt. Das war wirklich von allen Heiratsangeboten heut nacht das netteste, fand sie. Sie sagte: »Sie brauchen um mich keine Angst zu haben. Ich hatte sowieso vor, ein Jahr lang zu neun verschiedenen Freundinnen aus dem College zu Besuch zu gehen. Für mich ist es also gleich, ob Papa Geld hat oder nicht. Und Jack? Wir werden ihn fragen.« Sie gingen durch die unordentlichen Säle. Das Tageslicht filterte durch die nicht ganz geschlossenen Vorhänge. Die Bilder und Möbel sahen kühl und fremd aus. Die Luft von Festlichkeit war mit dem Lärm der Gäste und mit der Dunkelheit davongeflogen. Unten an der Riva saßen Jack und Albert auf dem Geländer und baumelten mit den Beinen. »Wie warten auf den Vendraminherrn«, rief Jack. »Er will uns zur Piazzetta fahren.« Madelin fragte, ob er schon wisse, daß sie arme Leute seien. »Was sind deine Pläne«, fragte sie. »Ich gehe nach Peru«, sagte Jack. »Ich werde dort mit meinem neuen Freund und noch einem Jungen eine Farm machen. Mir scheint, daß die Leute in Peru immer nur daran denken, unter der Erde Schätze zu sammeln. Wir werden das auf der Erde tun. Und es gibt sicher viele Leute, die sich freuen werden, unser Gemüse zu essen und gut zu bezahlen.« »Sehen Sie«, sagte Madelin und gab dem Dr. Müller einen kleinen zärtlichen Kuß. »Ich will nicht heiraten, es tut mir so leid«, sagte sie dann. »Mir scheint, ich habe absolut keine Zeit und keinen Grund dafür.« »Ich werde darauf warten«, sagte der Dr. Müller ernst, »daß Sie Ihre Meinung ändern. Ich werde, so lange ich lebe, auf Sie warten. Sie sind die erste, die mich je geküßt hat, nie werde ich nach Ihnen mich von einer anderen küssen lassen.«

Julia war mit den letzten Gästen heruntergekommen, um die Abschiedsworte entgegenzunehmen.

Piazzetta di San Marco

Die Herzogin ließ sich von Jack in ihre Gondel helfen und sagte ihm dabei: »Ich hab es mir überlegt, lieber Junge. Es wäre so entsetzlich für mich, zu denken, daß es Ihnen nicht gut geht. Sie könnten gut die Stelle bei meinem Bankier bekommen, ohne mich je sehen zu müssen. Ich versteh Sie ja so gut, sicher finden Sie, ich bin zu alt, um tanzen zu gehen.« Sie hatte Tränen in den Augen. Jack küßte ihr die Hand. »Auf heute morgen!« rief er, »auf heute morgen am Lido. Wir werden im Excelsior miteinander tanzen!«

»Warum weinen Sie denn?« fragte Julia und faßte den Dr. Müller unter. Sie hatte noch keine Lust, schlafen zu gehn. »Lassen Sie mich nicht allein. Wir gehn hinauf und sehen, ob wir noch Kaffee bekommen können. Das wird Ihnen gut tun. Sie können

Hotel Excelsior

mir von Ihren Vitaminen erzählen oder wie die Tiere heißen.« Sie nahm den ganz Willenlosen mit sich. Auf der Treppe küßte sie ihn schon, und er fand, daß dieser Kuß ein guter Trost war für seinen großen Kummer um eine andere Frau. Und er gab ihn ihr zurück.

Der Chauffeur vom Boot des Vendramin gab Madelin ein Couvert. »Das hat eben ein Gondoliere vom Grand Hotel für Sie gebracht«, sagte er. Der Herr vom Vendramin half ihr beim Einsteigen. »Ich fahre Sie an den Strand. Sofort nach einer durchwachten Nacht ins Meer zu gehen und zu schwimmen, ist das Allerbeste.« Jack und Albert lagen oben auf dem Verdeck des Bootes und besprachen ihre Pläne. Die Piazza lag gold und blau im Morgensonnenschein. An der Insel der Armenier stiegen die Mönche in ihr großes Ruderboot. »Ich habe ja nie gewußt –«, sagte Madelin und sah den Herrn vom Vendramin verwundert an, »wer Sie eigentlich sind. Hier lese ich gerade Ihren Namen. Stramin schickt mir einen Kontrakt. Ich soll in der Pantomime spielen, die Sie geschrieben haben. Die Uraufführung soll in meiner Stadt sein, in Chicago. – Da müssen Sie mir doch sagen können: glauben Sie, daß ich die Rolle der schönen Verstrickten denn überhaupt spielen kann?« Der Herr vom Vendramin sah das Mädchen an und lächelte. Sie sah frisch und reizend aus in ihrem gelben Kleid. Die Nacht war spurlos an ihr vorübergegangen. »Ich bin sicher –«, sagte der Herr vom Vendramin, »daß Sie im Leben jede Rolle gut spielen werden.« Und er dachte an eine, die nichts mit Theater zu tun hatte. Aber davon sagte er nichts.

Ende

Nachwort

1.

Als Ruth Landshoff-Yorck – oder genauer: Rut Landshoff, wie sie sich bis zu ihrer Emigration nannte – ihren Roman *Die Schatzsucher von Venedig* niederschrieb, war sie in der literarischen Szene der Weimarer Republik längst keine Unbekannte mehr. Die 1904 in Berlin geborene Tochter eines Ingenieurs und der Opernsängerin Else Landshoff-Levy und Nichte des legendären Verlegers Samuel Fischer hatte bereits seit jungen Jahren Kontakt zu den Berühmtheiten ihrer Zeit: von Gerhart Hauptmann bis Hugo von Hofmannsthal, von Thomas Mann bis Oskar Kokoschka, der sie auch gezeichnet hat, von Harry Graf Kessler, der in seinen Tagebüchern ihre amourösen Auftritte notierte, bis zu dem Schriftsteller Karl Vollmoeller, ihrem langjährigen Liebhaber, den seine Theaterstücke und Filmdrehbücher, u.a. für den *Blauen Engel*, bekannt gemacht hatten. In ihren autobiographischen Aufzeichnungen von 1963, *Klatsch, Ruhm und kleine Feuer*, hat sie amüsant und zuweilen süffisant darüber berichtet.[1]

In Berlins weiblicher Topographie der Zwanziger Jahre spielte sie eine exponierte Rolle, und es »entstand das Image einer schönen jungen Frau mit unerschütterlichem Selbstvertrauen, die alles kann und kriegt, wenn sie nur will, und die eine glänzende Zukunft vor sich hat«[2]. Dabei war sie sicher nicht ›Muse‹, sondern eine selbständige, künstlerisch aktive und literarisch produktive Vertreterin des Typus ›Neue Frau‹, als die sie sich im Berlin der Zwanziger und frühen Dreißiger Jahre bewußt »inszenierte«[3] – mit Bubikopf, am Steuer schneller Autos oder auf dem Motorrad, androgyn ge- oder verkleidet, sich zudem demonstrativ mit den Attributen Schreibmaschine und Hund umgebend. Der unter seinem Kürzel UMBO bekannte Avantgardefotograf Otto Umbehr porträtierte sie, und Hochglanzmagazine wie *Der Querschnitt*, der *Uhu* und *Die Dame* veröffentlichten ihre Fotos. Unter der Überschrift »Ein und dieselbe Frau« brachte *Die Dame* 1929 eine Serie von sieben sehr unterschiedlichen Porträtfotos, die Ruth Landshoff-Yorck ›männlich‹ mit Krawatte, ›weiblich‹ beim Tanz, als Diva, elegant oder auch girlhaft und zuletzt als Malerin vor einer Staffelei zeigen – ohne daß übrigens ihr Name verraten würde: Es geht um exemplarische Wandlungskünste, und »es wäre vollkommen falsch zu denken, daß eine Frau sich verstellt. Sie stellt sich nur um«, lautet der Kommentar dazu.[4]

Bereits als Schülerin trat sie in Murnaus Vampirfilm *Nosferatu* auf, bei Max Reinhardt lernte sie Theater, mit Marlene Dietrich spielte sie 1927 in Wien Carl Sternheims *Schule von Uznach oder Neue Sachlichkeit*, bevor sie sich hauptsächlich der Literatur zuwandte und in der literarischen Boheme Berlins, im Kreis um Klaus Mann, Fuß faßte. Sie war aber auch in den anderen europäischen Metropolen heimisch, in einem »seit Hitler verlorenen Europa«, wie sie später schrieb.[5]

Porträt Ruth Landshoff-Yorcks aus der Bildserie »Ein und dieselbe Frau« von Elli Marcus (»Die Dame«, 1929)

1930 heiratete sie, wie sie rückblickend leicht ironisch formuliert, einen »Jungen«, der einen »historischen Namen trug«[6], nämlich den Grafen David Yorck von Wartenburg. Sie hatte sich zuvor mit dem Musiker Francesco von Mendelssohn[7] verlobt. Mit ihm besuchte sie wohl Mitte der Zwanziger Jahre erstmals Venedig. In ihrem *Klatsch*-Buch hat sie Francesco von Mendelssohn das anspielungsreiche Schlußgedicht »Die Weißtdunoch-Verse«

Porträt Ruth Landshoff-Yorcks aus der Bildserie »Ein und dieselbe Frau« von Elli Marcus (»Die Dame«, 1929)

gewidmet, in dem es heißt:

Im Haus der Duse in Asolo, im Hof vom Palazzo Polignac,
wo ich auf Steine und Skorpione weinte, oder bei
San Marcuola und Dächern vom Vendramin.
In Venedig führen die leisen Wellen fort, was wir anfingen,
was ist und was war und was wird.[8]

Über ihre Ehe mit Yorck von Wartenburg, die 1937 geschieden wurde, gibt es kaum Informationen. Als »Graf und Gräfin Yorck« figurierten beide zeitweilig in der Öffentlichkeit, so auf einer Fotografie 1931 in der *Dame*.[9] Aber letztlich war es ihre Beziehung zu dem dreißig Jahre älteren Karl Vollmoeller, die ihre Zeitgenossen irritierte. Als »Peter« begegnet er immer wieder in ihren Aufzeichnungen. Dieses goldene Jahrfünft bis 1933 – »als Berlin in den besten Jahren war«[10] – hat ein anonymer Nachruf des New Yorker *Aufbau* mit den Worten charakterisiert:

> Im Berlin ihrer Jugendjahre [war sie] ein Liebling der damaligen Edel-Boheme – schön, klug, unternehmend, vorurteilslos. Sie hatte sich ihr eignes Milieu geschaffen, das aus den Kreisen der Kunst, der Bühne, der jeunesse dorée, der Avantgarde aller Gebiete bestand, ohne jemals die Anhänglichkeit an ihre gutbürgerliche Abstammung zu verlieren. So wurde sie ein Mittelpunkt der Welt, die sich nicht langweilte.[11]

2.

Ruth Landshoff-Yorck hat bis 1933 weit mehr als fünf Dutzend Feuilletons veröffentlicht, vor allem in den Ullstein-Blättern *Tempo*, *Berliner Illustrirte Zeitung* und *Die Dame*, in der deutschen Ausgabe der *Vogue*, in *Sport und Bild* (dem »Blatt der guten Gesellschaft«, wie der Untertitel lautet), zudem in der renommierten *Literarischen Welt*.[12] Es sind Texte über das Autofahren wie ihr Erstling in der

Dame über »Das Mädchen mit wenig PS« von 1927, es sind Reiseimpressionen aus Paris, Venedig oder Salzburg, Modeberichte, Essays, literarische Skizzen und Erzählungen. Oft geht es um die Befindlichkeiten junger Mädchen ›von heute‹, um Dispositionen der ›Neuen Frau‹: »›Steckbrief‹ eines jungen Mädchens«, »Tee, Autos und Mädchenträume«, »Vom Mädchen, das gar nichts konnte«. Es sind nicht allein leichtfertig und oft selbstironisch daherkommende, pointenreiche Skizzen eines »Mädchen mit tausend PS«[13], sondern darüber hinaus selbstbewußte, die eigene Generation reflektierende Selbstverständigungstexte wie »Bücher für uns!« in der *Dame* von 1928:

> Wir – das sind die jungen Leute, die außer Atem sein müssen, ehe sie zum Lesen kommen von Sonne, Luft, Bewegung und Freude am Leben. Wir, die wir aus dem unaufhörlich rotierenden Dasein herausgeschleudert werden in die Stille eines Buches wie in einen Schlaf, wir, die wir Gide lieben.
>
> Natürlich lesen wir Jack London, diesen Bruder von uns im Geographisch-Fremden, natürlich Conrad, diesen romantischen Märchenerzähler, dessen lange verschlungene Sätze etwas zweifelhaft Mysteriöses verbergen, das uns spannt – wir lesen seine Bücher über den Fischfang, wir lesen über Jagden und Entdeckungen, Reisen und Rennen, Logbücher und Industrieberichte. Aber das sind Parallelen zu unserm realen oder gewollten Leben, Bücher, die unser geliebtes

Ruth Landshoff-Yorck mit ihrem Cabriolet (»Die Dame«, 1927)

Tempo haben, die unruhig sind, wie wir selbst sind und die wir so gut begreifen, daß wir sie nicht zu lieben brauchen. Den Personen dieser Bücher würden wir auf die Schultern klopfen, die in Tweed stecken wie wir selber – wir würden sie nach den PS ihrer Wagen fragen oder nach den Fliegen ihrer Angelruten. Wir würden ihnen Du sagen nach dem ersten Händeschütteln und würden uns in der heißen Zuneigung in den Dingen dieser Welt treffen. Aber da, wo wir uns selbst geheimnisvoll werden, da gehen sie uns nichts an. Dahin folgt uns Olivier aus den »Faux Monnayeurs« eher und seine Freunde, deren Sachen nach Tinte und Schuhe riechen

> und die mit uns wissen über die unüberwindliche Schwierigkeit, jung zu sein.
> [...] Dabei sind wir nicht etwa gegen minderwertige Literatur, vor allem nicht in der Eisenbahn. Aber dann bitte muß ein Sturm am Kap Horn darin vorkommen oder Indianer und Grenzer. Und dann müssen die Männer reiten und schießen können wie wir Autofahren und Tennisspielen; guter Sport entschuldigt schlechten Stil – verlogene Erotik niemals.[14]

Ruth Landshoff-Yorcks zwischen ›ernster‹ und ›unterhaltender‹, zwischen E- und U-Literatur pendelnde Feuilletons, markanter Bestandteil der reichhaltigen Zeitungskultur der Weimarer Republik, sind ›schnelle Texte‹ einer ebenso ›schnell‹ lebenden Autorin, die damit ihre ersten und erfolgreichen Schreiberfahrungen sammelte. Ihr Romandebüt erfolgte 1930 bei Rowohlt.

3.

Ihr Erstlingsroman *Die Vielen und der Eine* um die junge Berliner Reporterin Louis Lou, die in die USA reist, dort sowohl in der High Society als auch in der schwulen Subkultur verkehrt, die schräge Vögel, Pressezaren und nicht zuletzt den »Einen« kennenlernt, ist Reise-, Großstadt-, Amerika-, Presse-, Liebes- und Frauenroman in einem – und darin ein charakteristischer Roman für die Moderne à la Weimar: generations- und gendertypische Zerstreuungs- bzw. Selbstverständigungsliteratur. Daß sich Ruth Landshoff-Yorck bei aller Identifikation mit dem mondänen Zeitgeist der ›Neuen Frau‹ einen durchaus selbständigen Blick auf sich und ihre Generation bewahrt hat, verdeutlichen einige Überlegungen über die »moderne Jugend«, die sie anläßlich ihres Romans anstellt:

> Ich glaube nämlich, die ist eine Erfindung der Zeitungen. [...] Diese Jungen, die ihren Vater hassen, um einen Mutterkomplex zu beweisen und diese Mädchen, die immer sofort mit allen Männern schlafen gehen, nur damit ihnen keine Verdrängung vorgeworfen werden kann. Diese »moderne Jugend«, die Sentiments zum Kotzen findet, nur weil sie glaubt, in Amerika kommen keine vor und die denkt, man darf vor dem ersten Kuß nicht einmal Liebling zueinander sagen, weil es retardiert. Diese Burschen, die nach dem letzten Lustgestöhn schnöde sagen: »Glaube nur nicht, daß das Liebe war, Käte, das war Sexualität.« Diese ach so Sachlichen, diese Feststeller, die Leute, die Prinzipienknickerbockers im Büro tragen, weil »moderne Jugend« sportlich ist. Wenn das moderne Jugend ist, wenn das 12-Uhr-Mittagsblatt in Dialogform umschreiben modernes Theater ist, wenn ein Hochofen im Buch moderne soziale Tendenz gibt, wenn Hunger und Abtreibung beschreiben erste Hilfe bei sozialen Unglücksfällen ist, dann heiliger Herr Gerhart Hauptmann, nimm mich auf in Deine Generation.[15]

Mit ihrem Roman erregte Ruth Landshoff-Yorck Aufsehen. Ihre Freundin Annette Kolb bescheinigte ihr »unleugbar Talent«, meinte aber, die Autorin müsse sich »gehörig entsnoben«. Mechthilde Lichnowsky dagegen lobte das Buch in der Neuen Rundschau: »Ausgezeichnet ist die Beschreibung des Belanglosen [...]. Die Menschen Rut Landshoffs sind Jugend von heute mit Idealismus von gestern, also eigentlich Jugend von morgen.«[16]

Am 13. Dezember 1930 widmete das Berliner *8 Uhr-Abendblatt* in seiner Rubrik »Bücher, von denen man spricht« dem Roman einen größeren Aufmacher. »Rut Landshoff hat in fast überhastetem Tempo ein luftiges, farbiges, abwechslungsreiches Buch geschrieben«, urteilt die Redaktion, kritisiert aber Herz- und Seelenlosigkeit der Louis Lou und bemängelt an der Erzählweise des Romans gerade das, was man ihm heutzutage als ›Modernität‹ zugute hält: Die forcierte Offenheit des Erzählens, das der Redaktion »wie auseinanderfallende Blätter, die nicht zusammengeheftet sind«, anmutet. Der Schriftsteller Franz Hessel zeichnet in seinem Beitrag mit subtiler Einfühlung Stationen und Dispositionen des Lebensentwurfes der Louis Lou, »einem Mädchen von heute und aus Berlin«, nach. Ersichtlich angetan ist er von der Berlinorientierung des Romans und vom glücklichen Erzählausgang, dem furiosen Heimflug in das »geliebte Berlin« der Louis Lou, der eigentlichen »Kinderstube« ihres »verzweifelten Übermuts«.[17]

Mit *Die Vielen und der Eine* und ihren Feuilletons hatte sich Ruth Landshoff-Yorck Ende der Zwanziger, Anfang der Dreißiger Jahre im Literaturbetrieb der Weimarer Republik einen Namen gemacht. Dennoch blieben ihre beiden nächsten Romane, *Die Schatzsucher von Venedig* und der *Roman einer Tänzerin*, seinerzeit ungedruckt.

4.

Am ehesten noch ist das Schicksal des *Romans einer Tänzerin* zu rekonstruieren, der 1933 bei Rowohlt erscheinen sollte. Der Roman wurde Anfang 1933 gesetzt, der Verlag schickte die Korrekturfahnen umgehend an Ruth Landshoff-Yorck nach Paris, wo sich die Autorin seinerzeit aufhielt. Wegen der Machtübernahme der Nationalsozialisten konnte das Buch jedoch nicht mehr erscheinen – Ruth Landshoff-Yorck hat die korrigierten Druckfahnen mit ins Exil genommen und sorgfältig aufbewahrt. Aus dem Nachlaß wurde der *Roman einer Tänzerin* erst 2002 ediert. Er handelt vom Leben und Tod der Tänzerin Lena Vogel, hinter der sich nur leicht verschlüsselt die Biographie der damals recht bekannten, 1929 bei einem Autounfall tödlich verunglückten Tänzerin Lena Amsel verbirgt. Ruth Landshoff-Yorck war mit Lena Amsel – auf die Klaus Mann einen emphatischen Nachruf geschrieben hat und über die Annemarie Schwarzenbach in ihrer »Pariser Novelle«[18] erzählt – persönlich bekannt. So posierten beide 1927 beim Theaterspielen für eine Fotografie im *Welt-Magazin*.

Die Spuren ihres *Schatzsucher*-Romans, von dem ein Typoskript-Durchschlag im Nachlaß die

Ruth Landshoff-Yorck mit Adler-Schreibmaschine (1929)

Grundlage der hier vorgelegten Erstedition bildet, sind dagegen spärlicher. Wie sehr Ruth Landshoff-Yorck dieser Roman am Herzen gelegen haben muß, geht daraus hervor, daß sie sich noch in den Fünfziger Jahren um seine Veröffentlichung bemüht hat (siehe dazu die Hinweise in der *Editorischen Notiz*).

Über ihre literarische Produktion vor 1933 berichtet Ruth Landshoff-Yorck aus ihrem US-amerikanischen Exil in einem Lebenslauf:

> Ich hatte mit dem Rowohlt Verlag einen Vertrag der mich zu sieben Buechern verpflichtete. Eins kam heraus mit prima Kritiken brachte etwa 1500 Mark. [...]. Die anderen kamen nicht heraus. [Kurt] Korff vom Ullstein Verlag hatte einen Roman fuer die [Berliner] Illustrirte

bestellt. Ich sollte 40,000 Mark kriegen, die Haelfte wie er mir sagte von dem was Vicky Baum kriegte. Der Roman wurde abgeliefert, angenommen, und dann wegen der Hitler Gesetze weder bezahlt noch gebracht.[19]

Daß Ruth Landshoff-Yorck gleich sieben Bücher für Rowohlt schreiben sollte, läßt sich durch andere Quellen nicht weiter belegen (die Archive des Rowohlt- sowie des Ullstein-Verlages wurden im Krieg zerstört). Aus einem Brief an einen Vertreter der Familie Ullstein von 1956 geht aber hervor, daß sie tatsächlich – nach *Die Vielen und der Eine* – für Ullstein einen Roman abliefern sollte: »Ausserdem war ich noch von Herrn Korff eingeladen einen Roman in Fortsetzungen fuer die [Berliner] Illustrirte zu schreiben DIE SCHATZSUCHER VON VENEDIG. Der kam wegen Herrn Hitler nicht mehr heraus.« Daran und an die Datierung des Romans auf das Jahr 1932 erinnert ein weiterer Brief von 1956:

Und 32 hat mich Korff dann gebeten fuer die berliner Illustrierte einen Roman zu schreiben, und ich schrieb Die Schatzsucher von Venedig, ein Buch das nur eine Nacht zum Inhalt hat in der sich die Schicksale mehrerer Menschen erfuellen.

In einer anderen autobiographischen Aufzeichnung bemerkt Ruth Landshoff-Yorck:

My second novel was supposed to be a commercial one. I was to get my first big price for it. Forty thousand marks. And how I planned to

Lena Amsel und Ruth Landshoff-Yorck (»Das Welt-Magazin«, 1927)

do with it! A house for my Mother – in Switzerland – a beautiful car for myself – a Stradivarius cello for my brother – a dozen dogs – a couple of horses – and many books. The Ullstein publishing firm had ordered the novel for Die Dame of which Vicki Baum was editor. It

was to be a summer novel. Amusing and gay and light – and for that purpose I wrote my »Treasure Hunt In Venice« – the story of one night. The night of a party in one of the beautiful old palazzos of Venice. Where since – Voltaire
wrote Candide and even before that – people from all walks came together to spend a beautiful summer. The destinies of six people were altered in that night of a treasure hunt. Every one of them found a treasure of a different kind – but the heroine found the greatest treasure of all, after many difficulties – – love.

Ob nun für *Die Dame* oder, was wahrscheinlicher ist, doch für die *Berliner Illustrirte Zeitung* geschrieben – Ruth Landshoff-Yorck sah sich in Konkurrenz mit der Erfolgsautorin Vicki Baum, die zwischen 1926 und 1931 als Zeitschriften-Redakteurin und Buch-Autorin überaus erfolgreich bei Ullstein tätig war. »Aber es machte dann doch Spaß, mit Vicky Baum zu konkurrieren«, äußert Ruth Landshoff-Yorck.

Dann jedoch gerieten die *Schatzsucher von Venedig* ebenso wie wenig später die Druckfahnen des *Romans einer Tänzerin* in den Strudel der nationalsozialistischen Machtergreifung, die in beiden Fällen eine Veröffentlichung unmöglich machte: »The book had been accepted when suddenly the government in Germany changed, and with it – everything changed.« Ruth Landshoff-Yorck, seit 1933 in Frankreich, vor allem Paris, lebend, emigrierte 1937 in die USA, wo sie 1966 starb. Hierhin hatte sie ihre drei Romane, das Buch und die beiden Manuskripte, mitgenommen – »These three books I brought with me to America«.

5.

1928 erschien in der *Dame* eine Fotografie von Ruth Landshoff-Yorck, die sie »im Seebad Lido« bei Venedig zeigt. Ruth Landshoff-Yorck hielt sich des öfteren in Venedig auf, wo im übrigen ihr Liebhaber Karl Vollmoeller den Palazzo Vendramin, Richard Wagners Sterbehaus am Canal Grande, auf Dauer gemietet hatte. Vollmoellers Domizil war in den einschlägigen Kreisen so bekannt, daß *Die Dame* 1927 darüber einen groß aufgemachten Fotobericht unter dem Titel »Die schönste Wohnung der Welt / Die Wohnräume des Dichters Karl Vollmoeller im Palazzo Vendramin in Venedig« veröffentlichte.[20] Ruth Landshoff-Yorck selbst hat für den Berliner *Tempo* und für *Die Dame* einige Venedig-Feuilletons geschrieben: über eine »Reklame-Messe am Lido«, den Besuch des italienischen Königs in Venedig und den Internationalen Schiffahrtskongreß, über den in der Nähe gelegenen Fischerort Chioggia sowie Impressionen vom Lido[21]:

> Draußen am Lido, der übrigens durchaus nicht, wie vielfach angenommen wird, ein Reservat ist für Herzoginnen und Millionäre, sondern der zum weitaus größeren Teil dem Volk Venedigs gehört, gibt es eine Unmenge von Kindern. Der

größte Teil von den italienischen Jungens ist so amerikanisch infiziert, daß er seine Zeit auch bei glühendster Sonne damit zubringt, Fußball zu spielen oder crawlen zu lernen.[22]

Ruth Landshoff-Yorcks Besuche und Aufenthalte in Venedig darf man sich getrost als gesellige Treffen auch mit anderen Gästen vorstellen – etwa mit Annemarie Schwarzenbach, mit der die Autorin eine enge Freundschaft verband und die wenigstens einmal, 1930, Gast im Palazzo Vendramin war. Für Annemarie Schwarzenbach war dieser Besuch ein wichtiger Moment im Ablösungsprozeß von ihrer Mutter, für die, das verrät ein Brief von Annemarie Schwarzenbach an Erika Mann, die »Palazzobewohner« als Inbegriff von Unbotmäßigkeit und Boheme gelten mußten: »Mama wirft mir auf alles was ich vorbringe, Folgendes vor: Dass ich mich indem ich mich [...] überhaupt mit Vollm[oeller] oder R[ut] abgebe, eo ipso von ihnen – meinen Eltern – lossage, daß ich auch mich persönlich degradiere – u[nd] vor allem, daß ich den Palazzobewohnern den Triumph [...] verschaffe, mich trotz Gegenwunsch meiner Eltern dazu gebracht zu haben zu ihnen zu kommen –.«[23]

»Diese Stadt hat nicht ihresgleichen und sucht es nicht«, beginnt Ernst Bloch 1934 seine Skizze »Venedigs italienische Nacht«[24]. Venedig steht für Mondänes und Luxus, für Kunst und Literatur, für Tradition, Morbidität und Abenteuer, für Liebe und Tod. Kein anderer Ort hat eine derart vielfältige und dichte literarische Topographie, ist der-

Ruth Landshoff-Yorck im Seebad Lido-Venedig (»Die Dame«, 1928)

art häufig ästhetisch kartographiert worden wie Venedig – was sich gerade im Fin de siècle um 1900 aufgegipfelt und 1912 in Thomas Manns »Tod in Venedig« einen Höhepunkt gefunden hat.[25] Um so kühner und ambitionierter muß es anmuten, wenn eine junge Autorin Anfang der Dreißiger Jahre Venedig zum Thema eines Romans macht. Freilich verheißt »Mein Glück!«, so der Titel von Nietzsches Venedig-Gedicht, ausdrücklich: »Viel Tag für Dichten, Schleichen, Einsam-Munkeln« – und so mag Ruth Landshoff-Yorck reichlich unbekümmert mit Venedig-Versatzstücken spielen. In ihrem Roman geht es dann auch um einen venezianischen Schatz der besonderen Art.

Die Story[26] wird in einem noch heute fetzig, modern und temporeich anmutenden Stil erzählt: In einem venezianischen Palazzo findet sich eine illustre Runde mit dem vermögenden amerikanischen ›girl‹ Madelin und ihrem Bruder Jack im Mittelpunkt, die in ein touristisches Spiel, das Verstecken und Auffinden eines kostbaren Schmuckstückes, verwickelt werden. Der Diebstahl des Schmucks und die Suche nach ihm führen Madelin durch die nächtlichen Gassen der Lagunenstadt mit einem Zwischenstop in einer Bar bis zum Palazzo Vendramin. Da stürzt ein Schicksalsschlag, der plötzliche finanzielle Ruin des Vaters, die Geschwister über Nacht in Armut.

In der Zeit der Weltwirtschaftskrise wird leichtfüßig und doch allegorisch deutbar von Verlust und Gewinn eines ›Schatzes‹ erzählt. Der materielle Verlust wird dabei am Ende doppelt wettgemacht – einmal durch den Entschluß des Bruders, in Südamerika mit einem Freund durch harte Arbeit sein Glück zu versuchen, zum anderen durch ein Angebot an Madelin, in einer von Bachmann/Stramin[27] (unschwer als Anspielung auf Max Reinhardt zu erkennen) inszenierten und vom Herrn vom Vendramin verfaßten Pantomime mitzuspielen. Der Romanschluß, Engagement und Liebesglück, markiert nicht ein bloßes Happy-End, sondern setzt es unter das Zeichen individueller Produktivität: Alle finden ihren Schatz.

Unter der Überschrift »Das Alte und die Neue« hat die Literaturwissenschaftlerin Helga Karrenbrock die *Schatzsucher von Venedig* in Kenntnis des Nachlaßmanuskripts einer gründlichen Analyse unterzogen. Sie kommt zu dem Schluß:

> Madelin ist die Sympathieträgerin des Romans, und zwar nicht, wie die Heldin von Ruth Landshoffs erstem Roman, wegen ihrer Schönheit, Intelligenz und Unverfrorenheit, sondern gerade wegen ihrer ganz erstaunlichen, ›mädchenhaft‹ unvoreingenommenen Naivität resp. ›Natürlichkeit‹. Eine »grüne Ziege«, wie ihr Bruder befindet, die anstatt auf die Struktur von Kirchenfassaden zu achten, die dort nistenden Tauben ins Visier nimmt und bei San Marco nicht zuerst an die Basilika, sondern an ein Eiscafé auf gleichnamigem Platz denkt. Dieses Mädchen Madelin nun ist Ruth Landshoffs Übermittlerin für einen neuen Blick auf das alte Venedig.[28]

Damit gelingt es der Autorin tatsächlich, dem gleichsam totgeschriebenen Venedig neue Facetten abzugewinnen:

> Ausgerechnet im Genre des Trivialromans unternimmt Ruth Landshoff es hier, den gängigen Venedig-Mythos umzuschreiben. Dazu leiht sie sich den gänzlich unideologischen, nur

vom »europäischen Standpunkt« aus ›naiven‹ Blick der jungen Amerikanerin, die selbst in melancholischen Momenten noch darauf besteht, »daß es nirgends trauriger sein müsse zu sterben als hier in Venedig. Und daß es kein Trost sei, in den Himmel zu kommen, wenn man, um ihn zu erreichen, diese Stadt verlassen müsse«. Dieser inszenierte Blick ist ein staunender, aber auch ein begreifender, denn er beruht auf einer Gabe, mit der Landshoff ihre Heldin ganz ausgesprochen ausstattet: Madelin hat nämlich die Fähigkeit, die Schönheit und auch die Schattenseiten der Stadt aus der Geschichte ins Gegenwärtige zu transportieren, sie zu ›vermenschlichen‹ in Augenblicke gelebten Lebens.

6.

Mit den *Schatzsuchern von Venedig* liegen nun alle drei Romane, die Ruth Landshoff-Yorck vor 1933 geschrieben hat, in Neu- bzw. Erstausgaben vor: der 1930 bei Rowohlt erschienene Erstling *Die Vielen und der Eine*, der *Roman einer Tänzerin* von 1933, dessen Druckfahnen die Autorin ins Exil retten konnte, und nun *Die Schatzsucher von Venedig*. Es sind drei ganz unterschiedliche ›Formate‹ bzw. Genres.

Am Anfang steht ein neusachlich inspirierter Roman – »angenehm versnobt und Ausdruck einer Generation, die mit sich selber in Einklang ist«, wie es in der *Dame* über *Die Vielen und der Eine* hieß[29]. In neueren Besprechungen wird der Roman gewertet als »Amalgam aus ästhetischer Avantgarde und

Annemarie Schwarzenbach und Ruth Landshoff-Yorck im Palazzo Vendramin

leidenschaftlich-leichter Unterhaltung, das in der durchgängig präsenten Existentialität der Dinge und Ereignisse seinen eigenständigen Stil findet«[30]. Das Buch wirke »ungemein modern«, weil die Autorin »auf Tempo setzt, gerade weil sie mit Denkbildern und ihren Bruchstücken arbeitet«[31]. Auffallend bewußt gehe dieser Debütroman mit den »zeittypischen Diskursen über Amerikanismus, Großstadt und neuer Weiblichkeit« um, mit dem Ziel der »Erprobung von neuen Freiräumen, die der Bruch mit den Konventionen eröffnete – ein Changieren mit Moden, medialen Leitbildern und Attitüden von Lebensstilen«[32].

Nach *Die Vielen und der Eine*, so ein weiterer Kritiker, stelle der biographisch angelegte *Tänzerin*-Roman mit seinem »Schlusstableau der monologisierenden Ex-Liebhaber in seiner absurden

Unaufgeregtheit ebenfalls eine schriftstellerische Meisterleistung dar.«[33] Ein Rezensent der *Frankfurter Rundschau* urteilte 2002, der Roman könne ein »wichtiger Baustein sein [...] in einer noch zu schreibenden Geschichte der literarischen Verarbeitung des in der Moderne beglückend und zerstörerisch zugleich beschleunigten Lebens«[34]. Er stellt fest: »Wie präzise Landshoff-Yorck die in den zwanziger Jahren neu entstehenden Regeln biografischer Logik erfasst hat, zeigt sich darin, dass ihr *Roman einer Tänzerin* unter der Hand zum Roman einer leidenschaftlichen Automobilistin wird. Vom Tanz als solchem ist schließlich kaum noch die Rede in dem Buch, sehr viel mehr dafür von dem Bugatti, mit dem Lena durch die Gegend prescht. Die Hochleistungsmotorik der Tänzerin verbündet und verbindet sich in der Figur der Lena Amsel folgerichtig mit dem Hochleistungsmotor eines Rennwagens.«[35] Es sei, so eine Rezensentin, ein Roman »der typischen Vertreterin einer neuen Schriftstellerinnengeneration, die sich nach den Worten Erika Manns ›nicht die Seele aus dem Leib schreibt, die berichtet, anstatt zu beichten‹. Sie ist deren abgestreifte Maske, ihre Biographie die Aufhebung expressionistischen Pathos' im Zeichen neusachlicher Modernität.«[36]

Der *Venedig*-Roman schließlich, der dritte der vor 1933 verfaßten Romane Ruth Landshoff-Yorcks, wird verstanden als »ein unangestrengtes literarisch-soziologisches Experiment mit den Erwartungen der krisengeschüttelten Leserschaft um

1932 angesichts eines so exotischen Themas wie: Sommergeschichte aus der High Society in Venedig. Wie er diese Erwartungen sowohl bedient als auch entmythisiert, macht seinen Zauber aus.«[37]

Die Vielen und der Eine, die *Schatzsucher von Venedig* und der *Roman einer Tänzerin* – Ruth Landshoff-Yorcks Romane der Weimarer Republik sind Teil der ungemein lebendigen Moderne jener Jahre, die es weiterhin zu kultivieren gilt. Es sind Erzählexperimente einer Autorin aus einer Generation von SchriftstellerInnen, die während der späten Zwanziger Jahre debütierte, die in Deutschland aber kaum mehr zum Zuge kam, weil ihre literarische Karriere 1933 abgebrochen wurde. Ruth Landshoff-Yorck fand zwar im US-amerikanischen Exil seit den Vierziger Jahren neue Resonanz – nun aber nicht mehr in ihrer Muttersprache. In dem auf deutsch verfaßten Gedicht, »Für die Eltern«, das in Ruth Landshoff-Yorcks Todesjahr 1966 in den *Frankfurter Heften* erschien, geht es immer noch um diesen Verlust von »Muttersprache«. Das Gedicht endet, die NS-Zeit vergegenwärtigend:

Und tief beschämt, weil plötzlich
in ihrem eigenen Land
die Muttersprache nicht gesprochen wurde
und, im Vaterland,
die Heimat verschwand.[39]

Walter Fähnders

Anmerkungen

[1] Ruth Landshoff-Yorck: *Klatsch, Ruhm und kleine Feuer. Biographische Impressionen* (1963); Neuausgabe: Hrsg. Claudia Schoppmann. Frankfurt/M. 1997. – An dieser Stelle sei auf die Nachworte zu den Neuausgaben von Ruth Landshoff-Yorcks *Die Vielen und der Eine* und *Roman einer Tänzerin* (Berlin: AvivA 2001 bzw. 2002) verwiesen, die ausführlich die Biographie der Autorin nachzeichnen.

[2] Claudia Schoppmann: »Vorwort.« In: Landshoff-Yorck: *Klatsch, Ruhm und kleine Feuer*, S. 9-17, hier S. 10.

[3] Sabine Rohlf: »›Können Sie Jiu-Jitsu?‹ Es geht auch mit Niveau: Ruth Landshoff-Yorck schrieb in ihrem ›Roman einer Tänzerin‹ über die Ex ihres Geliebten.« In: *Frankfurter Rundschau* v. 8.1.2004, S. 32.

[4] In: *Die Dame* 56, 1929, Nr. 16 (Mai), S. 10–12; gezeichnet ist der Artikel mit »Anita« (?); Zitat S. 10.

[5] Landshoff-Yorck: *Klatsch, Ruhm und kleine Feuer*, S. 98.

[6] Ebenda, S. 61.

[7] Vgl. Thomas Blubacher: *Gibt es etwas Schöneres als Sehnsucht? Die Geschwister Eleonora und Francesco von Mendelssohn.* Berlin 2008.

[8] Landshoff-Yorck: *Klatsch, Ruhm und kleine Feuer*, S. 40.

[9] In: *Die Dame* 58, 1931, H. 13, S. 32.

[10] Ebenda, S. 229.

[11] [Anonym:] »In Memoriam Ruth Landshoff-Yorck.« In: *Aufbau* v. 28.1.1966.

[12] Aufgeführt bei Walter Fähnders: »Zum literarischen Werk von Ruth Landshoff-Yorck in der Weimarer Republik. Mit einer Bibliographie von Walter Fähnders u. Christine Pendl.« In: *Zeitschrift für Germanistik* 12, 2002, H. 3, S. 627–634. Ergänzungen finden sich bei Walter Fähnders: »Über zwei Romane, die 1933 nicht erscheinen durften. Mela Hartwigs ›Bin ich ein überflüssiger Mensch?‹ und Ruth Landshoff-Yorcks ›Roman einer Tänzerin‹.« In: *Regionaler Kulturraum und intellektuelle Kommunikation. Festschrift für Klaus Garber.* Amsterdam, New York 2004.

[13] So Carsten Würmann: »Das Mädchen mit tausend PS«. In: *taz* 6.1.2004/taz Berlin, S. 25.

[14] Aus: *Die Dame* 55, 1928, H. 23, S. 350f.; wieder in: *Ruth Landshoff-Yorck, Karl Otten, Philipp Keller und andere. Literatur zwischen Wilhelminismus und Nachkriegszeit.* Hrsg. Gregor Ackermann, Walter Fähnders u. Werner Jung. Berlin 2003, S. 299f.; in diesem Band finden sich zahlreiche Feuilletons u.a. Texte, z.T. aus dem Nachlaß von Ruth Landshoff-Yorck, darunter die o.g.

[15] Ruth Landshoff-Yorck: »Über meinen Roman ›Die Vielen und der Eine‹«. Erstdruck in: *Ruth Landshoff-Yorck, Karl Otten, Philipp*

Keller und andere, S. 249f., hier S. 250.

[16] Zit. n.: »›Die Vielen und der Eine‹ in der Kritik. Stimmen von Charlotte Demming, Annette Kolb, Mechthilde Lichnowsky und Friedrich Sieburg.« In: *Ruth Landshoff-Yorck, Karl Otten, Philipp Keller und andere*, S. 251–254.

[17] Alle Zitate aus: »Bücher, von denen man spricht«. In: *8 Uhr-Abendblatt* v. 13.12.1930.

[18] Klaus Mann: »In memoriam Lena Amsel«. In: *Vossische Zeitung* v. 12.11.1929; Annemarie Schwarzenbach: »Pariser Novelle« [Erstdruck]. In: *Jahrbuch zur Kultur und Literatur der Weimarer Republik* 8, 2003, S. 11–35.

[19] Diese und die folgenden Zitate aus Helga Karrenbrock: »Das Alte und die Neue. Zu Ruth Landshoff-Yorcks unveröffentlichtem Roman ›Die Schatzsucher von Venedig‹«. In: *Ruth Landshoff-Yorck, Karl Otten, Philipp Keller und andere*, S. 285–293.

[20] In: *Die Dame* 55, 1927, H. 6, S. 12–19.

[21] »Reklame-Messe am Lido«. In: *Die Dame* 56, 1928, H. 1 (Oktober), S. 36; »Venedig…«. In: *Tempo* v. 8.8.1931 (wieder in: *Berliner Volks-Zeitung* v. 3.10.1931); »Venetianische Tage. Brief des ›Tempo‹«. In: *Tempo* v. 18.9.1931; »Chioggia«. In: *Die Dame* 59, 1932, H. 23 (August), S. 17.

[22] »Venedig…«. In: *Tempo* v. 8.8.1931 (wieder in: *Berliner Volks-Zeitung* v. 3.10.1931).

[23] Zitiert nach Walter Fähnders: »In Venedig und anderswo. Annemarie Schwarzenbach und Ruth Landshoff-Yorck«. In: *»Laboratorium Vielseitigkeit«. Zur Literatur der Weimarer Republik.* Hrsg. Petra Josting, Walter Fähnders. Bielefeld 2005, S. 227–252, hier S. 239. – Vgl. auch Ruth Landshoff-Yorcks Porträt von Annemarie Schwarzenbach in: *Klatsch, Ruhm und kleine Feuer*, S. 161–174.

[24] Ernst Bloch: »Venedigs italienische Nacht«. In: E.B.: *Literarische Aufsätze*. Frankfurt/M. 1977 (= *Gesamtausgabe*. Bd. 9), S. 503–508, hier S. 503.

[25] Vgl. die Untersuchung von Angelika Corbineau-Hoffmann: *Paradoxe der Fiktion. Literarische Venedig-Bilder 1797–1984.* Berlin, New York 1993.

[26] Karrenbrock: »Das Alte und die Neue«, S. 288f.

[27] Auf S. 137 ist der Name Stramin belassen worden, obwohl hier mutmaßlich Bachmann gemeint sein müßte.

[28] Karrenbrock: »Das Alte und die Neue«, S. 291; dort auch das folgende Zitat.

[29] *Die Dame* 58, 1931, H. 8 (Januar).

[30] Michael Grisko: »Amerika – London – Paris – Berlin. ›Die Vielen und der Eine‹ – Eine Karthographie der Moderne?« In: *Ruth Landshoff-Yorck, Karl Otten, Philipp Keller und andere*, S. 255f., hier S. 255.

[31] Walter Delabar: »Die Eine und ihr Erster«. In: *Literatur zum Gebrauch: Hollaender und andere. Beiträge zu einer Kulturgeschichte der Weimarer Republik*. Hrsg. Walter Delabar u. Carsten Würmann. Berlin 2001, S. 260f., hier S. 261.
[32] Gabriela Häfner: »Mittelpunkt der Welt. Dringend wiederzuentdecken: Die Schriftstellerin Ruth Landshoff-Yorck, die in diesem Monat vor 100 Jahren geboren wurde«. In: *Junge Welt* v. 20.1.2004.
[33] Thorsten Stegemann: »Roman einer Tänzerin«. In: http://kunstportal-bw.de/stegbuch55.html
[34] Heribert Kuhn: »Spiel mit der Geschwindigkeit. Ein echter Fund: Ruth Landshoff-Yorcks geschmeidiger ›Roman einer Tänzerin‹«. In: *Frankfurter Rundschau* v. 9.10.02. Buchmessen-Beilage, S. 4.
[35] Ebenda.
[36] Bettina Engels: »›Femme fatale‹ versus ›Neue Frau‹«. In: *Virginia* 2003, Nr. 34, S. 10.
[37] Karrenbrock: »Das Alte und die Neue«, S. 292.
[38] Ruth Landshoff-Yorck: »Für die Eltern«. In: *Frankfurter Hefte* 21, 1966, H. 5, S. 328; vgl. zu diesem Thema Christine Pendl: »Rut Landshoff – Ruth L. Yorck – Ruth Landshoff-Yorck. Exilantin zwischen neuer und alter Heimat«. In: *Ruth Landshoff-Yorck, Karl Otten, Philipp Keller und andere*, S. 307–323.

Editorische Notiz

Der im AvivA Verlag 2004 erstmals vollständig veröffentlichte Roman *Die Schatzsucher von Venedig* folgt einem Typoskript-Durchschlag, der sich im Nachlaß der Autorin, der Ruth Yorck Collection der Boston University, Boston/USA, findet. Die hier vorliegende Ausgabe folgt wortgetreu diesem Erstdruck; das alte Nachwort wurde bei den bibliographischen Angaben aktualisiert. Ein Romanauszug findet sich in: *Ruth Landshoff-Yorck, Karl Otten, Philipp Keller und andere. Literatur zwischen Wilhelminismus und Nachkriegszeit.* Hrsg. von Gregor Ackermann, Walter Fähnders u. Werner Jung. Berlin 2003, S. 275-284.
Bei dem Typoskript handelt sich um 68 durchgezählte Seiten auf 69 Blättern mit gelegentlichen handschriftlichen Korrekturen. Das Titelblatt sowie Blatt 1 tragen die gedruckte Kopfleiste:

KORRESPONDENZ »DIE AUSWAHL«
Catherina Bach / Stuttgart-Leonberg / Rappenhaus / Telefon
Leonberg 418 / Selbstwählerdienst von Stuttgart aus 0 07 94 18
Konten: Württ. Bank Stuttgart Nr. 1709 / Postscheckkonto Nr. 499 66

Darunter findet sich maschinenschriftlich der Titel:

DIE SCHATZSUCHER VON VENEDIG
von
Ruth Landshoff-Yorck

Nach Auskunft des Leonberger Stadtarchivs vom 27.5.2004 lebte die Korrepondenz-Inhaberin Catharina Bach - Pseudonym für die 1973 verstorbene Schriftstellerin Catherina (»Katinka«) Mostar, geb. Strobach - von 1952 bis 1967 in Leonberg. Das vorliegende Typoskript muß also in den 1950er oder 1960er Jahren angefertigt worden sein. Auch die Namensgebung »Ruth Landshoff-Yorck« verweist auf diese Zeit.
Der Abdruck folgt wortgetreu der Vorlage; offensichtliche Schreibfehler sind stillschweigend korrigiert, sprachliche Eigenheiten aber übernommen worden (wie: Eiskrem, Epauletts). Genitive wie »Venedig's« und »Madelin's« wurden ebenso wie die bei wörtlicher Rede uneinheitlich verfahrende Interpunktion heute gängigen Regeln der alten Rechtschreibung angeglichen. Die Auslassung auf S. 112 markiert eine im Durchschlag fehlende Zeile.

Walter Fähnders

Bildnachweise

S. 2: ullstein bild - Frieda Riess
S. 13, 51, 62: Gustav Pauli: *Venedig*. Leipzig 1926
S. 25, 41, 89, 94, 135, 136: historische Ansichtskarten, Archiv AvivA Verlag
S. 31, 52, 59, 69, 71, 72, 83, 115, 123: Heinrich Decker: *Venedig*. Wien 1952
S. 87, 111: *Die Dame*, 55, Dezember 1927, H. 6
S. 140, 141: *Die Dame*, 56, Mai 1929, H. 16
S. 144: ullstein bild - Zander & Labisch
S. 149: *Der Adlerhorst*, 3, September 1929, H. 9
S. 151: *Das Welt-Magazin*, 3, September 1927, H. 9
S. 155: *Die Dame*, 56, Oktober 1928, H. 2
S. 159: Boston University, Howard Gotlieb Archival Research Center, Boston/USA

Trotz gewissenhafter Recherchen ist es uns leider nicht in allen Fällen gelungen, die Rechtsinhaberschaft eindeutig zu klären. Etwaige Rechtsinhaber werden gebeten, sich mit dem Verlag in Verbindung zu setzen.

Der Herausgeber

Walter Fähnders, Jahrgang 1944, apl. Prof. für Neuere Germanistik an der Universität Osnabrück. Zahlreiche Editionen, Sammelbände und Monographien zur Literatur des 20. Jahrhunderts, besonders zur europäischen Avantgarde und zur Weimarer Republik, so auch die Herausgabe der bei AvivA erschienenen Romane von Ruth Landshoff-Yorck. 2004 wurde ihm die Festschrift *Unruhe und Engagement* gewidmet. Jüngste Publikationen u.a.: Neuausgabe von Wilhelm Speyers Roman *Charlott etwas verrückt* (1927/2008), Nachlass-Edition von Annemarie Schwarzenbachs *Das Wunder des Baums* (Mit-Hg., 2010); *Metzler Lexikon Avantgarde* (Mit-Hg., 2009); *Avantgarde und Moderne 1890–1933* (2. erw. Aufl. 2010).

Weitere Bücher von Ruth Landshoff-Yorck:

Ruth Landshoff-Yorck: *Die Vielen und der Eine*. Hg. u. mit einem Nachwort v. Walter Fähnders. Berlin/Grambin: AvivA, 2001; geb., 190 S., ISBN 3-932338-14-6

»Ruth Landshoff-Yorck jongliert gekonnt mit Klischees und literarischen Techniken, was diesem Roman einen unwiderstehlichen Charme verleiht.«

(annabelle)

Ruth Landshoff-Yorck: *Roman einer Tänzerin*. Erstausgabe aus dem Nachlaß. Hg. u. mit einem Nachwort v. Walter Fähnders. Berlin/Grambin: AvivA, 2. Aufl. 2005; geb., 157 S., ISBN 3-932338-15-4

»Neue Frau« schreibt über »Femme fatale« – eine lesenswerte Begegnung.«

(Sabine Rohlf, Berliner Zeitung)

Ruth Landshoff-Yorck: *In den Tiefen der Hölle*. Erstausgabe aus dem Nachlaß. Hg. u. mit einem Nachwort v. Walter Fähnders. Berlin: AvivA, 2010; geb., 269 S., ISBN 3-932338-44-1

»Der trockene Humor und manch anderes machen die Lektüre zu einem reinen Vergnügen, mehr noch zu einem großen Genuss.«

(Rolf Löchel, literaturkritik.de)

Mehr Informationen über unser Programm finden Sie unter

www.aviva-verlag.de
oder
bei www.facebook.com/aviva.verlag

Wir schicken Ihnen gerne unser Verlagsprogramm zu.

ISBN: 978-3-932338-56-4

Veröffentlicht mit freundlicher Genehmigung der Boston University, Howard Gotlieb Archival Research Center, Boston/USA

Umschlaggestaltung: Britta Jürgs, unter Verwendung einer historischen Ansichtskarte aus dem Verlagsarchiv

Aktualisierte Fassung der im AvivA Verlag erschienenen Erstausgabe von 2004

Druck: finidr., s.r.o.

AvivA Britta Jürgs GmbH
Emdener Str. 33, 10551 Berlin
fon (0 30) 39 73 13 72
fax (0 30) 39 73 13 71
info@aviva-verlag.de
www.aviva-verlag.de